進士武林

진사무림

1

봉황송 신무협 장편소설

ORIENTAL FANTASY STORY & ADVENTURE

dream
books
드림북스

진사무림 1

초판 1쇄 인쇄 / 2013년 10월 29일
초판 1쇄 발행 / 2013년 11월 5일

지은이 / 봉황송

발행인 / 오영배
책임편집 / 편집부
펴낸 곳 / (주)삼양출판사 · 드림북스

주소 / 서울특별시 강북구 솔샘로67길 92
대표 전화 / 02-980-2112 팩스 / 02-983-0660
편집부 전화 / 02-980-2116 팩스 / 02-983-8201
블로그 / blog.naver.com/dreambookss

등록번호 / 제9-00046호
등록일자 / 1999년 3월 11일

ⓒ 봉황송, 2013

값 8,000원

(주)삼양출판사 · 드림북스의 서면 허락 없이는 어떠한
형태나 수단으로도 이 책의 내용을 이용하지 못합니다.

ISBN 978-89-542-5446-5 (04810) / 978-89-542-5445-8 (세트)

* 지은이와 협의하에 인지는 생략합니다.
* 잘못된 책은 구입한 곳에서 바꾸어 드립니다.

이 도서의 국립중앙도서관 출판시도서목록(CIP)은 서지정보유통지원시스홈페이지(http://
seoji.nl.go.kr)와 국가자료공동목록시스템(http://www.nl.go.kr/kolisnet)에서 이용하실 수
있습니다. (CIP제어번호: 2013022063)

進士武林

진사무림

1

봉황송 신무협 장편소설

ORIENTAL FANTASY STORY & ADVENTURE

dream
books
드림북스

목차

序章

터벅! 터벅!

이한열은 힘없이 걸었다.

깜깜한 밤에 걷는 그의 마음속도 새까맣게 타들어 갔다.

그는 향시에 떨어졌다.

벌써 두 번째 낙제만 거듭하고 있었다.

향시에 낙방하고 작고 초라한 집으로 돌아가는 그의 발
걸음이 처연했다.

"휴우!"

그의 입에서 한숨이 흘러나왔다.

향시에 떨어져서 마음이 씁쓸했다. 하지만 집에서 기다

리고 있을 부모님을 생각하자 더욱 마음이 찢어졌다.

집이 눈앞에 들어왔다.

늙은 부모님이 문 앞에서 그를 기다리고 있었다.

"어떻게 되었느냐?"

이한열의 아버지 이찬성이 물었다.

"……."

이한열은 죄스러움에 고개를 숙였다.

아무런 말없이 고개를 푹 숙인 이한열을 바라보며 이찬성은 잠자코 서 있었다. 또다시 이한열이 떨어졌다는 사실을 깨닫고 무척 실망한 기색이었다.

"괜찮다. 다음에 보면 된다."

이찬성이 말했다.

하지만 그의 얼굴에는 안타까움이 가득했다.

어머니 오혜련의 얼굴에도 안타까워하는 기색이 역력했다.

'기필코 다음에는…….'

이한열은 두 번이나 다음을 기다릴 수밖에 없었다.

향시는 삼 년마다 한 번씩 보기에 이한열은 또다시 삼 년 동안 열심히 공부했다.

공부를 하는 동안 집안의 어려움은 점점 가중됐다.

우울하고 가난한 나날이 이어졌다.

설상가상으로 일가친척들마저 출세의 길을 잃은 선비의 가족들을 외면하고 말았다. 돌봐 주는 사람이 모두 사라지고 만 것이다. 세 식구의 입에 죽도 바로 들어가지 못하는 날이 많았다.

세 가족의 얼굴은 눈에 띄게 수척해져 갔다.

"한열아! 너도 알다시피 나는 과거에 급제하지 못했다. 공부를 한다면서 가산만 탕진하고 말았다. 이제 과거에 급제해서 집안을 부흥시키는 건 오직 너에게 달렸다. 네 어미와 너의 연명은 어떻게든 내가 책임질 터이니 공부만 열심히 해야 한다."

답답한 마음에 술을 마시고 돌아온 이찬성이 이한열을 붙잡고 하소연했다.

이찬성은 자신에 이어 이한열까지 향시에 연속으로 낙방하니 더욱 슬퍼하는 모습이었다.

그런 모습을 본 이한열은 가슴이 찢어졌다.

"어미가 삯바느질을 해가면서 네 공부를 뒷바라지해 주마."

오혜련이 말했다.

밤잠을 줄여 가면서 바느질을 하느라 그녀의 손가락에는 바늘에 찔린 상처가 많았다.

뚜욱! 뚝!
이한열이 눈물을 뚝뚝 떨어뜨렸다.
"꼭 과거에 급제할게요."
부모님의 앞에서 이한열이 다짐했다.
그들 가족의 소망은 이한열의 과거 급제였다.

第一章
과거 급제

타박! 타박!

청년의 유관과 도포의 색이 무척이나 바래 있었다.

걸을 때 언뜻 드러나는 나막신은 그의 가난을 여실히 보여 주었다.

"드디어 여기까지 왔구나."

이한열이 거대한 자금성의 문을 바라보며 중얼거렸다.

그의 눈에는 이루 말할 수 없는 감회가 흘렀다.

이한열은 열다섯 살 때부터 정식으로 과거를 보러 다녔다.

과거란 고등 관리 자격시험으로, 문관이든 무관이든 이

관문을 지나야만 비로소 벼슬길에 나설 수 있었다.

이한열은 문관을 지망한다.

열다섯 살의 어린 나이에 첫 시험을 보게 된 것은 외아들 출세에 조급한 부모의 소원 때문이었다.

물론 이한열도 조정 출사를 바라는 심리가 없는 바는 아니었다.

과거 시험은 향시·회시·전시의 삼 단계로 구분된다.

삼 년에 한 번씩 향시라는 지방 시험을 보고, 향시에서 합격하면 회시를 보았다. 회시에 합격하면 마지막으로 전시를 보는데, 이때에는 황제, 혹은 황자가 직접 나와 시험을 치르는 모습을 살펴었다.

이한열은 향시를 보고 두 번 떨어져서 첫 시험을 치른 후 육 년이 지난 후에야 다시 시험을 볼 수 있었다.

두 번이나 고배를 마신 이한열은 마지막이라는 생각으로 미친 듯이 공부를 했다. 부모님의 슬퍼하던 눈동자를 잊을 수가 없었다.

굳은 의지를 세우고 공부에 열중한 그는 향시와 회시에 보란 듯이 통과했다.

타박! 타박!

이한열이 전시가 열릴 무대인 자금성의 문 앞으로 나아갔다.

이미 문 앞에는 대륙의 방방곡곡에서 모인 유생들과 늙은 선비들이 구름 더미처럼 모여 있었다. 그들은 제각기 급제를 바라고 있었다.

"이번 시제는 무엇일까?"

"저번에 시경에서 나왔으니 이번에는 다른 사서오경에서 나올 가능성이 높아."

급제를 바라고 모인 사람들이 제각각 그들이 나온 지방과 학당, 또는 문벌의 이름이 쓰인 장대 끝에 매달린 정사각형의 유지 등 밑에 모여 있었다.

"이번 시험 잘 봐야 한다."

"걱정하지 마세요. 꼭 붙을게요."

함께 시험장까지 온 부모들이 아들을 응원하고 있었다. 거기에 서적과 지필묵을 들고 따라온 하인들까지 끼어서 일대는 혼잡의 극치를 이뤘다.

구석구석에는 주먹밥, 과자, 떡, 물장수들이 차일을 친 곳도 있었다.

'아버지! 어머니! 꼭 전시에 합격할게요.'

집에서 기다리고 있을 부모님을 생각하며 이한열이 각오를 다졌다.

구구궁! 구구궁!

드디어 과거 시험을 보러 온 사람들을 맞아들이기 위해

황궁으로 들어가는 문이 열렸다.

"문이 열렸다."

"가자."

사람들이 밀물과 같이 앞을 다투어 자금성으로 몰려 들어갔다.

"멈추시오. 자금성 안으로는 회시에 합격한 공사만이 들어갈 수 있소."

금의위 위사가 몰려드는 사람들을 막으면서 외쳤다.

향시에 합격한 사람을 거인이라 부르고, 회시에 합격한 사람은 공사이다. 마지막으로 전시에 합격한 사람을 진사라고 부른다.

'금의위 위사가 나왔군. 황제나, 혹은 황자가 올 모양이구나.'

이한열이 금의위 특유의 복장인 허리춤의 금빛 요대와 금빛 피풍의를 보며 속으로 중얼거렸다.

금의위는 황성과 수도의 호위를 위해 설치한 금위군이다. 그리고 황제의 직접 명령만을 받는 친군지휘사에 소속되어 있다.

훈공과 혈연관계가 있는 도독을 장관으로 두고, 남북의 두 진무사와 십사 소를 통할하였다.

황제의 거둥 때 의장과 궁정 수호, 경성 안팎 순찰, 죄인

체포와 심문 등을 담당하였으며, 따로 조옥을 두어 형부의
법률 절차를 밟지 않고 투옥하였다.

병권과 형권을 모두 가진 황제 독재권의 수족으로서, 영
락제 이후로는 환관을 장관으로 하는 동창, 서창 등과 더불
어 공포 정치의 주역이 되었다.

'저들의 눈 밖에 나면 곧바로 사망이지.'

이한열이 금의위 위사를 보면서 은연중에 몸을 떨었다.

금의위 위사들에게 검사를 받은 사람들이 자금성 안으로
들어갔다.

"이것은 무엇이오?"

"시험일 동안 먹을 떡을 비롯한 음식물이외다."

대답을 하는 수험생의 눈빛이 흔들렸다.

시험은 구 일 동안 이뤄지기 때문에 먹을 음식들과 돈을
가지고 와야만 했다.

흔들리는 수험생의 눈빛을 금의위 위사가 놓칠 리 없었
다.

슥!

금의위 위사가 떡을 집어 들었다.

근래 들어 시험장에서 부정행위가 빈번하게 이뤄졌다.
그렇기에 부정행위를 방지하고자 이번에 시험장 규칙이 특
별히 강화됐다.

"뭐하시려는 거요?"

"떡을 쪼개어 보려는 것이오."

"그럼 먹기가 불편해지잖소."

"떡을 쪼갠다고 먹기 불편해진다는 말은 처음 듣소."

"그러지 마시오."

"홋! 이번에 시험장 규칙이 강화됐소."

금의위 위사가 웃으면서 손에 들고 있던 두루마리를 펼쳤다.

시험장 규칙(부정행위 방지)

一. 각자 음식물은 휴대하되 떡과 과자는 반드시 쪼개어 검사받을 것.

二. 모든 의복은 홑겹, 양말과 신발, 두건도 홑겹일 것.

三. 두 명씩 철저히 검사받을 것.

四. 입장 후에는 외출 금지.

五. 수험생 입장이 끝나면 각 수험생 방을 밖에서 잠금.

六. 감독관 외에 그 누구도 출입 엄금.

七. 시험은 구 일 동안, 시험 시간은 문제 출제 시간부터 해 질 때까지로 제한.

부르르! 부르르!

수험생이 몸을 떨었다.

"이것이 무엇이오?"

금의위 위사가 떡 속에서 작은 글씨가 빽빽하게 적힌 종이를 들어 올리며 물었다.

"……."

수험생은 아무런 말도 하지 못했다.

그것은 그가 오랜 시간 준비한 그동안의 과거 출제에 대한 답안이었다. 과거에 합격한 사람들의 답안과 사서오경 등에 적힌 글귀들이 종이에 빼곡하게 적혀 있었다.

시험장 방에 들어가면 아무도 없이 홀로 있기에 마음 놓고 종이의 글을 답안지에 옮겨 적을 수 있었다.

"당신은 부정행위자로 시험 자격 박탈이오."

금의위 위사가 선고했다.

"크흑!"

수험생이 침음을 흘렸다.

"행권과 가장은 놓고 가시오. 당신은 십 년 동안 전시를 볼 수 없소."

"제발 그것만은 봐주시오."

"지엄한 황제 폐하의 명이오. 행권과 가장을 주고 돌아가시오."

금의위 위사가 차갑게 말했다.

부들! 부들!

수험생이 품 안에서 행권과 가장을 꺼내어 건넸다.

수험생은 우선 행권(수험생의 이름·나이 및 사조, 즉 부·조·증조·외조를 기록한 두루마리)과 가장(가계를 증명할 증빙 서류인 가계표)을 시험 관리소에 제출해야 되었다.

"잘됐다."

"부정행위를 하려고 하다니 저런 꼴을 당해도 싸지."

지켜보고 있던 수험생들이 눈물 흘리면서 돌아가고 있는 부정행위자를 보며 이야기했다.

줄을 서서 기다리고 있던 사람들 가운데 떡과 과자를 은밀하게 버리는 자들이 있었다. 전시에 합격하기 위해서 꼼수를 부리는 자들이 적지 않았던 것이다.

과거에는 훈련된 비둘기를 이용하여서 시제에 대한 답을 시험장의 수험생에게 보낸 경우도 있었다. 시험장에 비둘기가 돌아다니는 걸 수상하게 여긴 시험관에게 들통이 났지만 수험생들은 참으로 기상천외한 방법까지 동원했다.

"무엇을 버린 거지?"

"과자 안에 종이가 들어 있군. 당신은 전시를 치를 자격을 잃어버렸소."

"허허허! 쌀알에 미세한 글자들이 빼곡하군요. 만드는데 무척이나 고생을 했겠습니다. 들켰으니 행권과 가장을 주고 사라지시오."

금의위를 비롯한 황궁 무사들이 여기저기서 날카로운 눈들을 번쩍거리며 부정행위자들을 찾아냈다. 황실과 황권을 보호하는 금의위의 뛰어난 조사 능력이 부정행위자들을 속속 가려냈다.

"가지고 있는 물건들을 올려놓으시오."

"여기 있습니다."

이한열이 탁자 위에 봇짐을 올려놓았다.

봇짐에는 물이 든 가죽 부대와 주먹밥, 문방사우 등이 있었다.

금의위 위사가 가죽 부대의 물을 모두 따라 내어 안을 확인하고 주먹밥을 쪼개어서 확인했다. 그리고 책 속에 혹시라도 있을지 모를 작은 종잇조각을 찾으려고 했다.

"통과!"

금의위 위사가 이한열을 안으로 들여보냈다.

"고맙습니다."

봇짐을 다시 챙긴 이한열이 자금성 안으로 들어섰다.

터벅! 터벅!

이한열은 자금성의 잘 닦인 길을 따라 걸었다.

얼마나 걸었을까?

근정전이 모습을 보였다.

근정전 앞에는 이미 금의위 위사의 검사를 통과한 수험생들이 잔뜩 모여 있었다.

그리고 근정전 앞의 넓은 뜰 안에는 반 평 남짓의 작은 독방들이 쭉 늘어서 있었다. 장방형의 긴 건물에 반 장 정도의 폭으로 촘촘하게 칸을 질러 한 칸에 한 명씩 수용하였으며, 이런 건물이 수십 채가 있어 마치 벌집 같은 모습을 띠고 있었다.

모든 수험생이 들어오고 난 뒤에 문이 닫히면 높은 담장으로 둘러쳐진 시험장은 외부와의 연락이 완전히 차단된다.

"구 일이나 여기에서 버틸 생각을 하니 끔찍하다."

"입신양명의 기회를 주는 곳일세."

시험을 앞둔 수험생들이 모여서 수군거렸다. 같은 처지인 그들은 불안한 마음에 서로 위안을 주고받았다.

슥!

이한열은 다른 사람들과 이야기하지 않고 시험장 한쪽의 방으로 들어가서 가만히 마음을 평온하게 가다듬었다.

전시는 처음이었다.

하지만 전시를 치렀던 사람들에게 들어서 알고 있는 내

용이 있었다.

'정오가 넘어서 첫날의 시험이 펼쳐진다고 했지?'

그는 눈을 감고 고요하게 마음을 안정시켰다.

금의위의 철저한 조사를 받은 수험생들이 모두 시험장에 도착을 하고도 꽤 오랜 시간이 흘렀다.

해가 사람들의 머리 위를 지나치고 한 시진의 시간이 더 흘렀을 때였다.

"고개를 숙여라. 황태자님을 영접하라."

소리치는 대전별감과 무예별감을 앞세우고 황태자의 옥교가 나타났다.

슥!

이한열은 눈을 뜨고 시험장 안으로 들어서는 황태자 주윤무를 바라보았다.

'소문에 의하면 참으로 무능하다고 하던데…….'

입이 찢어져라 하품을 하고 있는 주윤무의 모습이 이한열의 눈에 가득 들어왔다.

황태자 주윤무는 천하의 게으름뱅이요, 무능한 사람이라는 소문이 돌았다. 밤에는 시녀들을 불러 질탕히 놀고, 낮에는 늘어지게 낮잠을 자거나 광대 등을 불러서 논다고 했다.

일반적으로 전시는 정오에 시작된다.

그런데 황태자는 전시를 보러 온 수험생들을 한 시진 넘게 기다리게 만든 것이다.

수험생들은 모두 상당한 지식을 쌓은 미래의 동량들이었다.

"덜 자서 그런지 몸이 참으로 찌뿌듯하군."

황태자의 나른한 음성이 이한열의 귓가에 울렸다.

실컷 낮잠을 자다가 시험장에 나온 황태자의 얼굴에는 귀찮아하는 기색이 역력했다.

"수험생들에게 시제를 알려 줘라."

주윤무가 명령했다.

좌르르! 좌르르!

시험장 곳곳에 설치된 현제판 위에 시제를 적은 종이가 펼쳐졌다.

주윤무는 시험장에 얼굴만 내비치고는 곧바로 다시금 들어가 버렸다.

"황태자께서 물러가신다. 고개를 숙여라."

별감의 호령으로 인해 수험생들이 다시금 고개를 숙였다.

황태자 주윤무가 무척이나 무능한 가운데 황제는 더욱 무능했다. 주윤무의 주색잡기는 현 황제에 비하면 조족지혈이었다.

이러한 황제와 황태자인자라 유능한 선비들 중엔 자진해
서 일찍 그만두어 버리는 이도 많았다. 그리고 선견지명이
있는 학사들은 과거에 응시조차 하지 않았다.

이한열은 아버지의 간곡한 소원과 자신의 욕망으로 인해
어릴 때부터 과거를 쫓아다녔다. 그리고 이제 그 대망의 결
과를 눈앞에 두고 있었다.

그 결과를 잡기 위해서는 전시에 합격을 해야만 했다.

"시험 시작!"

시험관이 시험의 본격적인 시작을 알렸다.

이한열은 현제판에 적힌 시제를 재빠르게 종이 위에 옮
겨 적었다. 그리고 뚫어져라 시제를 바라보면서 궁리했다.

그의 머리에 사서오경을 비롯한 글귀들이 마구 떠올랐다
가 사라지기를 반복했다.

슥!

그가 붓을 들었다. 그리고 온 정력을 쏟아서 하얀 종이
위에 글을 적어 나가기 시작했다.

*　　　*　　　*

이한열의 집 앞마당이 소란스러웠다.

이한열의 부모가 돼지와 소를 잡아서 이웃 사람들을 불

러 모아 잔치를 벌였다.

이한열의 집은 찢어지게 가난한 형편이었기에 돼지고기를 먹기도 힘들었다.

하지만 오늘은 이한열이 금의환향한 날이었다.

이찬성은 이한열을 바라보면서 즐거운 마음을 감출 수가 없었다.

"하하하! 네가 해낼 줄 알았다."

"장하구나."

이한열의 모친인 오혜련의 눈에는 기쁨의 눈물이 글썽거렸다.

이한열은 전시를 통과하여 진사라는 칭호를 수여받았다.

전시를 통과한 합격자는 제일 갑인 진사 급제, 제이 갑인 진사 출신, 제삼 갑인 동진사 출신으로 나뉜다.

진사 급제는 전시에서 단 세 명만 뽑는다.

시험 성적이 뛰어난 진사 급제 중에는 재상과 충신이 된 인물이 많았다.

진사 출신은 십여 명이었고, 나머지는 모두 동진사 출신이었다.

전시에 합격한 사람들에게도 급수가 있었다.

이한열이 비록 전시의 가장 끝인 동진사 출신이 되었지만 전시에 합격한 건 사실이었다.

이로써 그는 비로소 조정에 출사하여 고급 관리에 임용될 수도 있는 자격을 얻게 됐다.

"한열아! 이리 와서 술 한 잔 받아라."

"축하한다."

전시 합격 소식을 들은 이웃 사람들이 한바탕 난리 법석을 떨었다.

이한열의 과거 급제 축하연 자리를 열기로 한 가족들은 소문의 전파 속도가 얼마나 빠른지 실감할 수 있었다. 가까이에 사는 이웃 사람들이 달려와서 집 앞의 뜰이 순식간에 가득 찼고, 담장 밖에도 사람들이 몰려들었다.

가난하게 살면서 오랫동안 인연이 끊어졌던 일가친척들도 희소식에 들떠 있었다.

"우리 가문에 용이 태어났구나."

"가문의 경사로다."

사촌과 팔촌 등이 입에 침을 튀겨 가면서 우리 가문이라는 점을 강조했다.

개천에서 용이 난다는 말처럼 이한열의 전시 합격은 참으로 경사였다.

고급 관리!

부귀영화가 보장된 것이다.

"감사합니다."

이웃 어른에게 술잔을 받은 이한열의 입가에 미소가 떠나지 않았다.

그도 기쁨을 주체할 수가 없었다.

어렸을 때부터 익혀 거의 이십여 년에 이르렀던 공부의 결실이 드디어 맺혔다. 이제 그는 최고로 높은 열매를 따낼 것이다.

이한열은 곧 관리가 된다고 생각하니 마음이 든든했다.

슥!

우리 가문이라고 말하는 친척들을 바라보던 이한열이 서늘한 눈초리를 보냈다.

'평소에는 손 벌릴까 봐 오지도 않던 사람들이 이제는 알아서 찾아오네.'

그는 친척들의 이중적인 행동이 마음에 들지 않았다.

하지만 그의 앞에서 설설 기며 눈치를 보는 친척들의 태도를 보면서 역설적으로 오히려 마음이 편안해지기도 했다.

'후후후! 이것이 권력의 참맛이로구나. 이제 부귀영화를 얻을 수 있겠지.'

이한열은 웃음을 참지 못했다.

그가 밤잠을 줄여 가면서 공부를 한 것은 다 이유가 있었다. 찢어지게 가난한 집에서 유일하게 탈출할 수 있는 길이 바로 공부에 있었기 때문이다.

어렸을 때부터 가난했기에 그는 가난이 지긋지긋했다.

"하하하하!"

"한열아! 과거 급제를 축하한다."

집은 축제 분위기로 연신 들썩거렸다.

이찬성은 소리를 지르며 방방 뛰어다닌 탓에 나중에는 목이 다 쉬고 기진맥진할 정도였다. 평소 점잔을 빼던 이찬성이 너무 기뻐서 난리를 치고 있었다.

이한열의 과거 급제로 인해 이찬성은 하늘을 날아갈 것처럼 좋아했다.

자식의 성공은 곧 부모의 성공이고, 집안의 성공이었다.

모인 사람들이 즐겁게 흥청망청하며 환호하고 있을 때였다.

"과거 급제 축하해. 그동안 잘 지냈어?"

용모 단정한 아름다운 여인이 이한열의 옆으로 다가와 친근하게 말을 걸었다.

파르르! 파르르!

이한열의 눈썹이 흔들렸다.

그의 가슴 한편에 영원히 각인될 아쉬움을 남겨 놓은 배하연이 나타났다.

순간 그는 배하연이 맞는지 다시 한 번 배하연을 살폈다.

큰 상처를 주고 다시 보지 않겠다면서 떠나간 여인이 그의 눈앞에 나타난 것이다.

"잘 지냈지. 너는?"

이한열이 마음을 다독거리면서 천천히 입을 열었다.

"덕분에 편안하게 지냈어. 불철주야 노력하더니 정말로 해냈구나. 나는 네가 해낼 줄 알았어."

배하연이 방긋 웃으며 좋아했다.

'덕분에는 무슨! 나는 네가 편안하게 지내도록 아무것도 하지 않았어. 가능성이 없어 보인다며 떠나 놓고서 해낼 줄 알았다고? 웃기는 일이야.'

이한열은 속으로 코웃음을 쳤다.

그는 한때 배하연과 사귀었다가 향시에 연속으로 낙방하고서 헤어졌다. 아니, 배하연에게 강제로 차였다는 말이 정확했다.

배하연은 근처에서 부유하게 살고 있는 갑부의 딸이었다.

그녀의 오라버니는 향시를 통과하여 거인의 신분이다. 하지만 그것은 순수한 그의 실력이 아니라 돈으로 산 것이었다. 나라가 어지럽다 보니 매관매직도 공공연하게 이뤄졌다.

그녀의 집안이 갑부라고 하지만 겨우 시골 지방에서 통

할 수준이었다. 거인의 신분을 사기 위해 많은 돈을 들인 탓에 집안까지 휘청거렸다. 회시에 합격한 공사의 신분을 살 정도는 결코 아니었다.

배하연과 헤어지고 난 뒤 이한열은 더욱 이를 갈며 공부에 매진했다.

그리고 보란 듯이 진사에 합격했다.

"바람 좀 쐬면서 걸을래?"

"미안하지만 자리를 비울 수가 없어. 오늘 축제의 주인공이 나잖아."

이한열은 배하연의 제의에 고개를 가로저었다.

꾹!

배하연이 입술을 질끈 깨물었다.

자존심이 상한 그녀의 모습을 지켜보면서 이한열은 속으로 커다란 환희를 느꼈다. 그의 내면에서 황홀한 감정이 폭죽처럼 터졌다.

스윽!

배하연이 탁자 밑으로 손을 뻗었다. 그리고 은밀하게 이한열의 손을 붙잡았다.

"그때는 내가 미안했어. 집에서 자꾸 가가를 반대하는 바람에 내가 잠시 정신이 나갔었어."

배하연이 말했다.

점점 작게 이야기하는 배하연을 보며 이한열은 점점 더 흥분됐다. 그의 가슴에 새겨졌던 과거의 아픔이 지독한 쾌감을 불러왔다.

"괜찮아."

"고마워."

"이제 잊어버렸어."

이한열이 무감각하게 말했다.

때리거나 미워하는 것보다 무관심이 더욱 큰 상처를 주는 법이다.

"……."

배하연의 얼굴이 붉어졌다.

이한열의 과거 급제 소식을 들은 그녀는 부모님의 권유로 냉큼 달려왔다. 아름답게 치장을 한 자신의 모습이라면 이한열을 쉽게 유혹할 수 있다고 여겼다.

한때 이한열은 그녀가 손만 잡아 줘도 얼굴을 붉히고 하던 샌님이었다.

하지만 배하연이 간과한 사실이 있었다.

이한열은 전시를 치르기 위해서 북경에 다녀왔다.

회시를 치렀을 때도 대도시에 가서 많은 시간을 보냈다.

그때 그는 세상에 참으로 많은 미녀들이 살고 있다는 사실을 알아차렸다.

'너는 미인 축에도 들지 않아.'

이한열은 더 이상 배하연에 대한 어떠한 연분홍빛 감정
도 가지고 있지 않았다. 있다면 과거에 차인 앙금만 남아
있을 뿐이었다.

스윽!

작은 앉은뱅이 술상을 두고 마주 앉아 있던 배하연이 이
한열의 옆으로 자리를 옮겼다. 그리고 슬며시 이한열의 어
깨에 머리를 기울였다.

"우리 다시 시작하자."

그녀의 말에 이한열은 참으로 어이없다는 표정을 대놓고
지었다.

슥!

그가 술잔에 술을 쪼르륵 따랐다.

촤악!

이번엔 땅바닥에 그 술을 쏟아 부었다.

"술을 잔에 주워 담으면 다시 사귀어 줄게."

부르르! 부르르!

배하연의 교구가 폭풍이라도 맞은 것처럼 흔들렸다.

"이건 너무하잖아!"

그녀가 소리쳤다.

그녀는 결코 술을 술잔에 담을 수 없었다. 이한열이 강태

공의 고사를 따라 하고 있음을 알았지만 그런 것을 알면서도 결코 받아들이기가 쉽지 않았다.

강태공은 동해의 어느 마을에서 태어났다.

그는 학문을 좋아해서 집안일을 돌보지 않고 학문에만 열중했다. 그러다 보니 원래 가난했던 그의 집은 나중에는 끼니조차 이을 수 없을 지경이었다.

그러자 그의 아내조차 견디지 못하고 몰래 도망쳐 버렸다.

그래도 그는 학문에만 매달렸다.

가난하던 강태공은 주나라가 천하를 평정하는 데 일등 공신으로 인정되어 고향인 상동 지방에 있는 제나라의 제후로 임명되었다.

어느 날 강태공이 수레를 타고 시찰을 나갔다. 어떤 거리를 지나치고 있는데, 낯익은 노파의 초라한 모습이 눈에 띄었다. 그래서 수레를 돌려 살펴보니 옛날 자기를 버리고 도망친 아내가 아닌가!

그녀는 다시 같이 살 수 없겠느냐고 애원했다.

그러자 강태공은 물을 한 그릇 가져오도록 했다. 그러고는 땅바닥에 물을 쏟은 후 그녀에게 그릇에 다시 주워 담으라고 말했다. 하지만 그녀는 담을 수가 없었다.

그때 강태공이 내뱉었던 말이 바로 지금 이한열의 말이

다.

"한번 엎지른 물을 다시 주워 담을 순 없는 법이지. 마찬가지로 한번 끊어진 인연도 다시 맺을 수 없는 법이야."

가슴을 쫙 편 이한열의 입꼬리가 슬며시 위로 올라갔다.

그는 유쾌, 상쾌, 통쾌했다.

'사내는 자고로 원한을 잊지 않는 법이지.'

그는 안타까워서 발버둥 치고 있는 배하연의 모습에 절로 마음이 풍족해졌다.

이한열은 마음이 넓은 사내가 아니었다.

아픈 과거를 꼭꼭 마음에 간직하고 있는 사내였다.

"한열 공자! 과거 급제를 진심으로 축하해요."

"한열아! 혹시 나 기억해? 서당에서 함께 공부했잖니?"

마을에서 예쁘다고 소문난 여자들이 막무가내로 이한열에게 쇄도했다. 그중 몇몇 여인들은 이한열을 향해 뜨거운 시선을 마구 보냈다.

몇몇 여인들의 부모들 역시 이한열의 부모님에게 대놓고 이한열의 결혼 상대로 자신들의 딸을 추천했다.

갑작스러운 결혼 이야기에 이한열의 부모님은 어찌할 바를 몰랐다. 곤란해하는 표정이었지만 결코 싫어하는 기색은 아니었다.

얼마 전까지만 해도 거의 무시를 당하고 있던 이한열이

단숨에 인근 최고의 신랑감으로 급부상했다.

축하연 내내 이한열 주변 여자들의 열기는 뜨거웠다.

그리고 집 한구석에는 사람들이 가지고 온 선물들이 수북하게 쌓였다.

'시골에서도 이 정도인데, 북경에 가면 어떨까?'

이한열은 북경에서의 삶이 무척이나 기대됐다.

권력의 맛을 본 그는 참으로 달콤한 분위기에 취해 있었다.

이한열의 집 앞이 술렁거렸다.

오늘이 바로 이한열이 조정의 부름을 받고 출사를 하기 위해 북경으로 올라가는 날이었기 때문이다. 그 소식을 들은 많은 사람들이 이한열의 집 앞에 모여 있었다.

"오늘 이한열이 북경으로 가게 되었다던데, 그게 사실인가요?"

"허허허! 맞소이다. 조정에서 관리로 불렀다고 하오."

"조정에 출사하다니 대단한 일이군요."

"우리 마을의 경사인 셈이오."

사람들이 이한열에 대해 이야기꽃을 피웠다.

이한열이 전시에 합격하여 북경으로 올라간다는 사실은 마을의 자랑거리였다.

슥!

이한열은 부모님 앞에 무릎을 꿇고 앉아 있었다.

이찬성은 그런 이한열을 보며 말을 건넸다.

"한열아! 내 너를 보내는 것이 무척이나 자랑스럽구나. 큰일을 하도록 나라에서 너를 부르는 것이니 기쁜 마음을 감출 길이 없구나. 북경으로 가거든 온 힘을 다해 황제 폐하를 받들어 모셔야 한다."

"걱정 마십시오, 아버지! 열심히 살겠습니다."

"부디 몸조심하거라."

오혜련 역시 이한열을 염려했다.

전시에 합격한 똑똑하고 장한 아들이지만 그녀의 눈에는 여전히 어려 보였다.

그것이 부모의 마음이었다.

"예. 올라가서 형편이 되는 대로 부모님을 모시겠습니다."

이한열이 말했다.

그는 돈을 모아서 될 수 있으면 빨리 부모님을 북경으로 모실 생각이었다. 하지만 관리의 월급만 받아서는 북경에서 집을 사는 것이 힘들었다.

살인적인 물가를 자랑하는 북경에서는 관리의 월급만으로는 집을 사는 데 십 년이 넘게 걸린다. 아니, 십 년이 넘어도 북경에서 좋은 저택을 구매하진 못한다.

　관리 월급이라고 해도 정삼품 이상의 고급 관리가 아니면 결코 많지 않았다.

　"우리 걱정은 하지 않아도 된다. 그러니까 무리하지 말고 조정의 일에 매진하거라."

　"예."

　이한열이 이찬성의 말에 고분고분 대답했다.

　그는 일을 열심히 하면서 가외적인 부분은 더욱 열심히 할 생각이었다.

　이제껏 열심히 공부한 대가를 북경에 가서 받아 낼 작정이었다.

　두근! 두근!

　부귀영화를 누릴 생각에 그의 가슴이 설레었다.

　"가봐라."

　"다시 뵙는 날까지 몸 건강하셔야 합니다."

　이한열이 부모님한테 큰절을 올렸다.

　그는 가능하면 빨리 부모님을 모시고, 북경에서 보았던 으리으리한 집에서 아름다운 여인들을 데리고 살 생각이었다.

　저벅! 저벅!

　밖으로 나온 그의 옷차림은 과거와는 완전 딴판이었다.

허름하고 색이 바랜 무명옷을 입고 있던 그가 비단으로 만든 옷을 걸치고 있었다.

종친회에서 선물로 들어온 옷이었다.

치수를 재서 맞추기라도 한 것처럼 이한열에게 딱 맞았다.

슥!

나막신도 부드러운 가죽신으로 바뀌어 있었다.

그가 가만히 있어도 선물이 계속 들어왔다.

"이제 가려는 모양이야."

"저렇게 차려입으니까 멋있다."

"난 원래부터 멋있는지 알았어."

문밖에서 기다리고 있던 사람들이 이한열을 보면서 수군거렸다.

"꺄아악! 나를 봤어. 지난밤 나와의 약속을 기억하고 있는 거야."

"웃기지 마. 이 학사는 나를 본 거야."

한껏 치장을 하고 있는 여인들이 이한열과 눈을 마주치고서는 시끄럽게 떠들어 댔다.

하지만 이한열의 시선은 그를 원망스러운 눈빛으로 바라보고 있는 배하연에게 잠시 머물렀다가 다시금 돌려졌다.

쿠웅! 쿵!

미련을 버리지 못하고 있는 배하연을 보면서 이한열은 가슴이 쿵쿵 뛰었다.

"저를 마중하기 위해 와주셔서 정말로 감사합니다. 다음에 기회가 닿으면 감사의 인사를 드리겠습니다."

이한열이 사람들에게 넙죽 고개를 숙였다.

"잘 다녀오거라."

"식사 거르지 말고, 건강해야 한다."

이찬성과 오혜련이 이한열에게 당부했다.

"아버지! 어머니! 이제 저는 갑니다."

이한열이 부모님에게 마지막으로 인사를 올렸다.

저벅! 저벅!

집을 떠나는 이한열의 가슴이 설렘으로 벅찼다.

第二章
종칠품 부정자

이한열은 곧바로 활자를 만드는 주자소에 배치받았다.

본래 책 읽기를 좋아하거니와 책을 만드는 일에 대해 궁금한 것이 많았던 터라 주자소에 배치받은 것을 큰 행운으로 여겼다.

이한열은 비록 활자에 대해 아는 것이 전혀 없었지만 잘해내리라고 마음먹었다.

"네가 이한열이냐?"

"예, 그렇습니다."

이한열이 고개를 숙이며 인사했다.

"나는 채광석이라고 한다. 주자소에서 하는 일에 대해서는 아느냐?"

"제가 아는 게 거의 없어 송구스럽습니다. 많이 가르쳐
주시기 바랍니다."

이한열의 대답에 채광석이 성가시다는 얼굴로 의자에 앉
으라고 턱짓을 했다.

이한열은 기분이 나빴지만 꾹 참았다. 처음 궁궐에 들어
와 일을 하는 신참이었기에 이런 대우 정도는 감당해 내야
한다고 내심 생각했다.

"주자소는 활자의 주조를 담당하는 관청이다. 인쇄 업무
를 담당하는데, 한림원 소속이다. 이곳에서 목판활자와 금
속활자를 만든다. 그리고 만든 활자들로 공문과 책 등을 찍
어 낸다."

주자소에는 정삼품 아문으로 다른 관직을 겸임하는 판교
한 명, 교리 한 명, 별좌와 별제, 박사 두 명, 저작 두 명,
정자 두 명, 부정자 두 명의 관리가 있었다.

정자 위의 관리들은 다른 관직을 겸임하고 있고, 오직 정
자와 부정자만이 주자소에서 전문적으로 일을 했다.

그리고 관리들 외에 인쇄와 관련된 전문 장인으로는 목
판활자를 만드는 목장 여섯 명, 금속활자를 만드는 야장 여
섯 명, 글자를 나란히 배열하는 균자장 마흔 명, 인쇄를 담
당하는 인출장 스무 명, 글자를 주조하는 각자장 열네 명,

구리를 주조하는 주장 여덟 명, 주조된 활자를 다듬는 조각장 여덟 명, 종이를 재단하는 지장 네 명이 소속되어 있었다.

장인의 구성을 보면 활자의 주조에서 책자 인쇄에 이르기까지 모든 부분이 전문 분야별로 나누어져 분업화되어 있음을 알 수 있다.

이한열은 종칠품 부정자의 관리로 주자소에 온 것이고, 채광석은 그의 바로 위인 정칠품 정자 직급이었다.

부정자는 정자와 함께 주자소에서 발행하는 공문과 책 등의 내용을 검토하고 교정하는 일을 맡았으며, 일정한 녹을 받는 녹관이었다.

궁중 간행물을 교정하고, 크고 작은 국가 제례의 축문을 필사하거나 검토하는 일을 주로 하면서 대궐 정전과 가까운 향실에서 참하관들과 차례를 돌아가며 숙직 근무를 하였다.

"너도 참으로 안 풀린 경우구나!"

채광석이 한심스러운 눈초리로 이한열을 바라보았다.

"무슨 말씀이신지 모르겠습니다."

이한열은 무척이나 당황했다.

"주자소는 한직 중의 한직이다. 뒤를 봐주는 배경이 없거나 시험 성적이 좋지 않은 전시 합격자들이 주로 오는 곳이지."

채광석이 안타까워하며 말했다.

그는 벌써 십 년 동안이나 주자소에서 허송세월을 보내고 있는 중이었다. 주자소를 벗어나기 위해 상관들을 쫓아다녀 보았지만 헛수고였다. 이곳에서 벗어나려면 적지 않은 기름칠을 해야만 하는데, 그에게는 그럴 돈이 없었다.

만약 돈이 있었다면 그는 애당초 주자소에 오지도 않았을 것이다.

이번 전시에서는 백사십 명이 합격됐다.

그들 가운데 제일 갑은 정칠품의 높은 관직을 제수받았고, 제이 갑은 사람에 따라 정칠품과 종칠품의 관직을 제수받았으며, 제삼 갑은 종칠품의 관직을 능력과 시험 성적에 따라 받았다.

전시의 등수는 시험을 본 답안지에 따라서만 좌우되어야 하는데 사실 그렇지 못했다. 부모의 능력과 재산 유무, 학벌과 지연 등에 따라서도 등수에 영향을 받았다.

이한열은 오로지 시험지 답안만으로 전시에 합격했다. 그리고 그 결과, 그의 등수는 백사십 명 가운데 가장 끝의 열 명에 속했다.

"주자소의 삶이 힘듭니까?"

"눈을 감아 봐라."

"감았습니다."

"눈앞이 깜깜하지?"

"예."

"그것이 바로 너의 앞날이다."

"예?"

"주자소에서 벗어날 수 없는 관리의 삶은 참으로 허무하고 또 허무하다. 빛도 미래도 없이 그저 깜깜할 뿐이지. 휴우!"

채광석이 한숨을 크게 내쉬었다.

"……."

온몸에서 맥이 탁 빠진 이한열이었다.

장밋빛 미래를 꿈꾼 관리의 삶이 처음부터 크게 어긋나 버렸다.

과거에 급제하기 위해 밤하늘의 별과 달을 볼 시간도 없이 달려왔다. 그 결과 이제 막 열심히 노력한 공부의 열매를 맛보려고 하는데, 그 열매가 썩어 버렸다.

시골 마을에서는 그가 전시에 급제한 최고의 젊은이였지만 황실에서는 아니었다.

자금성은 대륙에서 최고 중의 최고들만 모여 있는 곳이었다.

어찌 보면 이한열은 그저 특별할 것도 없는 평범한 사람일 뿐이었다.

자금성에 있는 사람들은 핏줄, 가문, 능력 중 적어도 한 가지는 좋게 타고난다. 그들 가운데는 세 가지를 모두 가지고 있는 자도 있었다.

이한열은 대륙의 일반적인 사람들보다 머리가 조금 뛰어날 뿐이었다.

하지만 그런 명석한 두뇌도 자금성에서는 크게 부각이 되지 않았다.

자금성에서 이한열은 특별하지 않고 평범했다. 아니, 평범한 것이 아니고 관리들 중에서는 가장 밑바닥이었다.

툭!

이한열이 힘없이 몸을 축 늘어뜨렸다.

눈물이 쏟아질 것만 같았다.

"정말 방법이 없습니까?"

이한열이 떨리는 목소리로 물었다.

"방법이 있으면 제발 나 좀 알려다오."

채광석이 말했다.

그의 목소리에 절망이 가득 묻어났다.

"젠장!"

이한열의 입에서 욕설이 절로 튀어나왔다.

알지도 못하는 자들에 의해 주자소에 배치됐다는 사실에

분노와 허탈감이 마구마구 마음에서 피어났다.

그는 채광석의 말이 사실이라는 걸 알 수 있었다.

주자소에서 벗어날 가능성이 거의 없다는 사실이 그를 슬프게 만들었다.

돈과 배경이 없는 그가 주자소에서 빠져나가려면 뚜렷한 성과물을 보여 주어야만 했다.

"힘들게 여기까지 왔는데 포기할 수는 없습니다!"

이한열이 발악적으로 외쳤다.

"그래?"

"어떻게 전시에 합격했는데요. 억울해서라도 이대로 가만히 있진 못합니다."

"그래서 어떻게 할 건데?"

"보여 줄 겁니다."

이한열이 불굴의 의지를 다졌다.

그는 주자소에서 평범하게 보내고 싶은 마음이 결코 없었다. 고작 이런 대우를 받기 위해 전시에 합격한 건 아니었다.

"너처럼 말하다가 결국 관직을 버리고 간 사람이 한둘이 아니지."

채광석이 부정적으로 말했다.

단순 작업만 반복하는 주자소에 있으면 전시에 합격한

뛰어난 사람도 재능이 점차 잦아들게 된다. 결국 점점 능력이 퇴색하고, 결국에는 순응하거나 그렇지 않으면 관직을 버리고 물러난다.

'어떻게 여기까지 왔는데! 돈! 여자! 권력! 결코 포기할 수 없어.'

이한열의 눈에서 각오가 화르르 불타올랐다.

특별한 목표를 가지고 있었기에 그는 결코 포기할 생각이 없었다.

많은 돈과 아름다운 여자, 그리고 강한 권력을 바라는 그의 마음은 무척이나 간절했다.

피식!

채광석의 입에서 바람 빠지는 소리가 새어 나왔다.

"크크크크! 절대 안 돼! 네가 주자소에서 벗어날 일은 결코 없어."

그는 각오를 다지고 있는 이한열을 비웃고 있었다.

'때려 주고 싶다!'

이한열은 무기력한 얼굴로 비웃고 있는 채광석의 얼굴에 주먹을 꽂아 넣고 싶었다.

하지만 그것은 그의 망상으로만 끝났다.

때렸다가는 그의 관리 생활이 심하게 꼬이고 만다.

똥은 무서워서 피하는 것이 아니라 더러워서 피하는 것

이다.

절망감에 빠진 채광석은 그저 냄새나는 쓰레기일 뿐이었다.

"해냅니다. 기필코 해내고야 말겠습니다."

이한열의 마음속에 더욱 강렬한 열의가 타올랐다.

그는 할 수 있는 모든 것을 다 하기로 마음먹었다.

노력하고 또 노력하면 흘린 땀이 결코 배신하지 않는다는 사실을 잘 알았다.

"크크크! 노력하다가 절망이나 하지 말라고."

"나가보겠습니다."

이한열은 비웃고 있는 채광석을 뒤로하고 밖으로 나왔다.

"오늘도 숙직으로 고생이 많네요."

"먼저 갈게요."

"잘 계세요."

주자소에서 일하던 기술자들과 일꾼들이 이한열만을 남겨 놓고 우르르 빠져나갔다. 보람찬 하루 일과를 끝마치고 퇴근하는 것이다.

이한열을 향한 사람들의 이런 인사는 요즘 매일같이 이 주자소에서 되풀이됐다.

사람들로 북적거렸던 주자소는 이내 고요함으로 물들어갔다. 활기에 넘쳤던 공간이 을씨년스럽게 느껴졌다.

이한열은 주자소에서 매일 숙직을 하고 있었다.

"휴우!"

이한열의 입에서 한숨이 흘러나왔다.

숙직을 해서인지, 그는 요즘 밤에 잠이 안 오는 버릇이 생겼다.

화려한 생활을 꿈꾸면서 황실에 왔던 이한열은 참으로 꼬인 관리 생활을 시작하게 됐다. 최악의 관리 생활에 불면증이 생기는 건 당연한 이치였다.

"힘들게 진사가 됐는데, 현실은 왜 이리 나를 힘들게 하는가?"

그의 입에서 우울한 목소리가 흘러나왔다.

보란 듯이 전시에 합격했지만 황실에서의 실제 생활은 결코 달콤하지 않았다.

주자소 한쪽에는 관리인인 정자와 부정자를 위한 방이 꾸며져 있다. 황궁 관리들을 위한 방이었기에 실내 장식을 비롯해 배치된 의자와 탁자 등의 가구들이 훌륭했다.

이한열은 정자와 부정자를 위한 방의 의자에 우두커니 앉아 한탄했다.

화려한 방 안에 있지만 그의 마음은 초라했다.

사람들이 모두 빠져나간 이때가 가장 견디기 힘들었다.

"관직을 때려치우고 나갈 수도 없는 노릇이고⋯⋯."

이한열이 중얼거렸다.

그는 보란 듯이 황제의 얼굴에 사직서를 던지는 장면을 꿈꿨다.

하지만 그건 망상일 뿐이었다.

단지 이런 처지에 몰린 사실에 복수를 하고 싶은 마음인 것이다.

미천하고 낮은 그의 입장에서 까마득히 높은 황제를 만난다는 건 있을 수도 없는 일이었다.

그가 사직서를 던진다면 그건 바로 위인 채광석의 얼굴일 것이다. 물론 그럴 경우 직속상관 모독죄로 잡혀 가서 고생해야만 했다.

과거에 합격한 진사들은 머리카락이 허옇게 되면 그때서야 관직에서 물러나는 법이었다. 그때가 되면 사람들에게 존경을 받고, 노후 생활을 안락하게 할 수 있는 배경을 만들어 둬야 한다.

잘리지 않는다면 그런 정도가 되어야 관직에서 은퇴를 할 만했다.

이한열이 꿈꾸던 삶도 바로 그러했다.

그런데 그런 삶이 초장부터 완전히 꼬였다.

"이렇게 되기 위해 오랜 세월 공부를 한 것이 아닌데, 참으로 내가 처량하구나."

혼자 우두커니 앉아 있던 그는 스스로가 한심하다는 생각까지 들었다.

진사가 되어 이제 막 화려한 관리 생활을 시작한다고 자랑할 때였다.

"분하구나."

이한열의 미간이 찌푸려졌다.

조금만 더 열심히 공부했더라면?

전시에서 합격한 진사들 가운데 뛰어난 성적을 받았다면?

그의 황궁 생활이 지금과는 달라졌을지도 모른다.

향시에서 두 차례 떨어지기는 했지만 그 뒤로 그는 실패하지 않았다. 세 번째 향시에 합격하면서 고향에서는 누구보다 유능한 학사였다.

고향의 친구들이나 다른 학사들보다 언제나 한발 앞서 좋은 결과를 얻었다.

그렇기에 향시와 회시, 그리고 전시를 차례로 쭉 치르고 내달렸다.

고향에서 그는 앞날이 기대되는 전시 합격자였다.

고향의 부모님은 이한열의 앞일을 전혀 걱정하지 않았

다. 장밋빛 미래를 꿈꾸고 있었다.

물론 그렇다고 해서 가만히 주자소에만 있는 건 아니었다. 그도 나름대로 자신이 맡은 주자소 부정자에 대해 알아보았다.

"헐! 참으로 좋지 않은 곳으로 배정을 받았군."
"거기라면 희망이 없는 곳이야."
"주자소에서 평생 근무해야만 할지도 몰라."
"수십 년 동안 주자소에서 벗어난 관리는 없어."

주자소 부정자 관직을 얻었다는 소식을 전해 들은 사람들은 하나같이 나쁘다고 이야기했다.

이야기를 들으면서 이한열도 걱정이 되었다.

"수십 년간 주자소에서 다른 곳으로 옮겨 간 관리들이 없다면 나도 힘들겠지."

이한열이 말했다.

그 이전에 주자소에서 일했던 다른 관리들도 모두 전시에 합격한 인재들이었다. 그런 인재들이 모두 주자소에서만 일하다가 그만뒀다.

그런 점에서 볼 때 이한열이 주자소가 아닌 다른 곳으로 영전할 가능성은 몹시 희박했다.

관직의 요직은 한정되어 있다.

매관매직을 하고 있는 지금 조정의 관직은 심각한 인사 적체 현상에 빠졌다. 돈과 배경, 혹은 탁월한 재능이 없으면 위로 치고 올라갈 수 없었다.

불행하게도 이한열에게는 세 가지 모두가 없었다.

사실 이한열은 증명하고 싶었다.

돈과 배경이 없어도 공부만 열심히 하면 성공할 수 있다는 사실을 말이다.

그리고 관직에 임명되기 전까지는 그걸 증명한 줄 알았다.

전시에 합격하여 부정자에 임명이 됐지만 그는 여전히 돈과 배경에 굶주렸다.

"이제 어떻게 해야 하나?"

이한열이 스스로에게 물었다.

"열심히 일하면 내 노력을 알아봐 주지 않을까?"

그리고 스스로 답을 내놓았다.

땀 흘려 노력하면 좋은 결과를 얻을 수 있다.

그는 이런 진리를 믿어 왔다.

주자소에서 뛰어난 성과를 만들어 내면 승진하거나 좋은 관직으로 변경될 가능성도 있다고 생각했다.

도리도리!

그가 이내 고개를 가로저었다.

"가능성이 전혀 없다고 단정할 수는 없겠지. 하지만 확률이 극악해."

이한열은 기대를 갖지 않았다.

"관직에 머무른다면 계속 주자소에 있어야 한다는 이야기이지. 그렇다고 부정자를 그만두고 나가면 뭐를 할 수 있을까?"

오랫동안 책을 보면서 공부만 해왔기에 그가 다른 걸 하기에는 무리가 있었다. 아니, 다른 일을 한다는 건 생각조차 하지 않았다.

그런데 전시에 합격하고 난 뒤 역설적으로 다른 일을 생각했다.

그는 정말 눈앞이 캄캄했다.

"서당을 열면 잘될지도 몰라. 그래도 전시 합격자이니까. 좋은 집안에 좋은 보수를 받고 개인 학사로 들어갈 수도 있는 일이지."

이한열은 관직을 그만둔 뒤의 일을 예상했다.

배웠던 공부를 활용할 여러 일들이 그의 머릿속에 떠올랐다. 하지만 어떤 일도 그의 마음에 만족을 주진 못했다.

이한열은 그렇게 앞일을 고민하며 하릴없이 시간을 보내고 있었다.

자정이 넘은 시간이지만 그는 여전히 잠이 오지 않았다. 머릿속이 어지러운 가운데 점점 더 정신이 멀쩡해져 갔다.

심각한 불면증이다.

펄럭! 펄럭!

그가 마음의 양식으로 삼고 있는 논어를 보기 시작했다. 논어의 주옥같은 글귀를 보기 위해서가 아니라 그저 시간을 채우기 위함이었다. 이렇게라도 하지 않으면 딱히 시간을 보내기가 어려웠다.

검은 글씨들을 읽어 내려가고 있었지만 그 내용이 마음에 와 닿진 않았다.

펄럭! 펄럭!

습관적으로 논어의 책장을 넘기다 보니 어느새 마지막 장을 넘겼다.

그가 본 것은 그저 검은 글씨들과 종이 위의 하얀 여백뿐이었다.

논어를 나름 한차례 독파한 그가 시선을 밖으로 던졌다. 창문 밖으로 보이는 깜깜한 어둠이 무척이나 음산해 보였다.

이한열은 갑자기 밖으로 나가고 싶었다.

사실 그는 숙직을 하면서 주자소 밖으로 한 번도 나가지 않았다.

무시받고 천대를 받긴 하지만 그래도 주자소는 자금성에 포함되어 있고, 한밤중에 자금성의 경계는 삼엄해진다. 그런 자금성에서 한밤중에 어슬렁거린다는 것은 상상하기 힘들었다.

자금성은 밤이 되면 낮보다 더욱 삼엄한 경계가 펼쳐진다. 도처에 군사들이 경계를 서고, 많은 군사들이 분주히 순찰을 돌았다.

　　"숙직을 서는 동안 함부로 돌아다니지 말게. 밤중에
　　주자소 밖으로 나갔다가 군사들에게 걸리면 큰 곤경에
　　처할 수도 있으니까."

이한열의 귓가에 채광석의 지시가 들려오는 듯했다.

하지만 그런 말을 이번에는 무시해 버렸다. 답답한 마음에 밖으로 나가지 않으면 미쳐 버릴 것만 같았다.

평소 이성적이던 그가 감정적으로 행동하기로 마음을 먹었다.

스윽!

숙직을 서는 동안 외출을 삼갔던 이한열이 의자를 뒤로 밀면서 벌떡 일어났다.

저벅! 저벅!

그는 문을 열고 조용히 밖으로 나왔다.

"깜깜하구나, 내 마음처럼……."

어둠이 내려앉은 주자소 밖의 풍경은 무척이나 어두웠다. 군사들이 경계를 서기 위해 켠 주자소 밖의 횃불이 어둠을 밝히고 있었지만 그 불빛이 주자소 안으로 들어와 어둠을 몰아내지는 못했다.

주자소 안을 살피거나 순찰을 돌고 있는 군사들도 보이지 않았다.

저벅! 저벅!

이한열은 서늘한 밤공기를 마시며 주자소의 넓은 뜰을 천천히 거닐었다. 답답한 마음을 풀기 위해 밖으로 나왔지만 심란함이 사라지지 않았다.

저벅! 저벅!

그가 짙은 어둠에 휩싸여 있는 나무를 향해 걸음을 옮겼다.

"헉!"

그의 입에서 기겁하는 음성이 흘러나왔다.

나무 아래 어두운 부분에 한 사람이 덩그러니 기대어 있었다.

갑작스럽게 나타난 사람을 본 이한열은 무척 놀란 나머지 제자리에 못 박힌 듯 서 있었다.

'감시를 하는 군사인가?'

이한열은 밤중에 돌아다닌 일로 감시하고 있는 군사에게 한 소리를 들을 수도 있다고 생각했다.

하지만 시간이 지나도 그 사람은 움직이지 않았다.

'누구지?'

요란하게 뛰는 심장을 진정시키던 이한열이 나무에 기대어 있는 사람을 바라보았다.

어둠에 익숙해진 그의 눈에 나무에 기대어 있는 사람이 점점 선명하게 보였다.

'노인?'

나무와 함께 있는 사람은 노인이었다.

노인은 그저 하늘만 바라보고 있었다. 이한열이 보고 있다는 사실을 아는지 모르는지, 돌부처처럼 꼼짝도 않고 있었다.

노인을 바라보고 있던 이한열은 함부로 말을 꺼내지 못했다.

'무척 늙은 노인이네.'

이한열이 노인의 요모조모를 살펴보았다.

나무에 기대어 있는 노인의 얼굴에는 주름이 자글자글했다. 얼핏 봐도 칠순이 넘어 보이는 외모였다.

그때였다.

하늘을 바라보던 노인이 고개를 내려 이한열을 물끄러미 바라보았다.

"안녕하십니까? 저는 주자소에 있는 부정자 이한열이라고 합니다. 잠시 밤바람을 쐬기 위해 밖으로 나왔습니다."

입을 열고 있는 그의 가슴이 쿵쾅쿵쾅 뛰기 시작했다.

"……."

노인은 아무런 대답 없이 걸음을 옮겼다.

"안녕히 가십시오."

이한열은 멀어져 가는 노인의 등에 대고 정중하게 인사했다.

노인은 주자소에서 점점 멀어져 갔다.

말없이 멀어져 가는 노인을 보면서 이한열은 더 이상 입을 열지 못했다.

대화하기 싫다는 사람에게 더 이상 무슨 말을 한단 말인가?

이한열은 노인과 인연이 아니라고 생각하며 밤하늘을 올려다보았다.

"하아! 삶이 참으로 퍽퍽하구나."

깊은 한숨이 그의 입에서 흘러나왔다.

저벅! 저벅!

늦은 밤, 이한열이 또 주자소를 벗어났다.

"하아!"

이한열은 땅이 꺼져라 한숨을 내쉬었다.

그는 자신이 자금성에서 얼마나 보잘 것 없고 하찮은 존재인지 깨달았다. 부푼 마음으로 관직 생활을 시작했지만 더 이상 희망을 찾을 수 없었다.

"참으로 한심하구나."

거대한 자금성에서 이한열은 그저 단순한 반딧불에 지나지 않았다.

자금성에는 그보다 밝은 빛을 내뿜는 존재가 무수히 많았다.

"어떻게 해야 하나?"

심한 불면증에 빠진 이한열이 정처 없이 걸음을 옮겼다.

그 눈동자에는 흔들리는 마음처럼 복잡한 심정이 고스란히 담겨 있었다.

저벅! 저벅!

이리저리 방황하던 그가 우연하게도 어제의 장소에 도착했다.

"응?"

이한열은 어제와 같은 나무에 기대어 있는 노인을 발견했다.

"오늘도 또 뵙는군요."

답답한 마음에 이한열이 노인에게 말을 걸었다.

그러나…….

노인의 입에서는 여전히 아무런 말도 흘러나오지 않았다.

노인은 그저 하늘을 바라보고 있을 뿐이었다.

"그럼 먼저 가보겠습니다."

이한열이 정중하게 노인에게 작별인사를 했다.

그는 이런 답답한 상태에서 말없는 노인과 함께 있고 싶지 않았다. 가만히 입을 다물고 있으면 마음이 너무나 복잡한 나머지 복장이 터질 것만 같았다.

그렇다고 억지로 그 침묵을 깨고 싶지도 않았다.

깊이 침묵하고 있는 노인의 사색을 더 이상 건드리지 않기 위함이었다.

"하아!"

다른 곳으로 걸음을 옮기려고 하는 이한열의 입에서 깊은 한숨이 흘러나왔다.

"주자소에서 일하는가?"

문득 들려오는 목소리에 이한열이 노인을 바라봤다.

하늘을 바라보고 있던 노인이 그를 똑바로 바라보고 있었다.

"예, 그렇습니다."

이한열은 노인에게 공손하게 답했다.

"삼경이 넘는 늦은 시간에 나오는 걸로 보아 무슨 공부를 하는 것이오?"

"아닙니다. 산책을 나오기 전까지 책을 보기는 했지만 그 내용은 하나도 마음에 와 닿지 않았습니다. 그러니 제가 공부를 했다고 말할 수는 없는 노릇이지요. 그저 시간만 보내면서 놀았을 뿐입니다."

"그랬군. 난 또 이런 밤중에 밖에 나오는 걸로 보아 열심히 공부한 뒤에 머리라도 식히려고 그러는 줄 알았다오. 그런데 지금 한창 책을 볼 나이인 젊은이가 무슨 이유로 공부를 못 한다는 말이오?"

"말씀을 드리죠. 제가 공부를 하지 않고 있는 것은 부정자라는 처지가 참으로 한심스럽기 때문입니다. 전시에 합격한 직후에는 장밋빛 미래도 꿈꿨지요. 하지만 화려한 삶은 제 몫이 아닌 모양입니다."

이한열이 말했다.

답답한 속내를 풀어 놓자 그동안의 고뇌가 조금은 사라지는 듯했다.

"열심히 일하고 영전을 하면 되지 않겠는가?"

"주자소에서는 수십 년 동안 영전을 한 관리가 없다고

합니다. 그런 사실을 알게 된 이후로 저도 기대를 안 하고
있습니다."

이한열이 희망을 내려놓았다.

가망성 없는 희망을 계속 붙잡고 있는 건 집착이었다.

"그래서 땅이 꺼져라 한숨만 내쉬고 있는 것인가? 앞으
로는 어떻게 할 생각이오?"

"많은 생각을 했지만 마땅히 뾰족한 방법이 없습니다.
이제껏 공부만 해왔습니다. 전시에 합격하여 관리로 잘될
줄 알았는데, 이렇게 관직의 길이 꼬이다보니 참으로 답답
합니다. 진사의 신분으로 유능하다 자부하고 있었는데 막
상 자금성에 와서 끈 떨어진 신세가 되고 보니 제가 얼마나
힘이 없고 약한지를 알 수 있었습니다."

이한열이 속내를 털어놓았다.

생각만 해도 끔찍한 일이 아닐 수 없었다.

특히 그것이 스스로는 벗어날 수 없는 일이라면 미쳐서
환장하게 된다.

노인이 이한열을 현기 어린 눈동자로 바라보았다.

하얀 백발의 노인에게서는 부드러우면서도 장중한, 기품
어린 기운이 흘렀다. 그런 기운으로 인해 이한열이 노인에
게 감히 함부로 대하지 못했다.

노인이 천천히 입을 열었다.

"난 화전민의 자식으로 태어났소. 하루에 한 끼 먹기도 어려운 삶이었다오. 살아가기 위해서 참으로 많은 일들을 해야만 했소. 젊은 시절, 자금성에 들어오기 전에 서점의 점원으로 일했다오. 여러 해가 지나자 서점 주인의 신임을 받아 높은 위치에 올랐소. 그런데 하루아침에 서점 주인에게 면직을 당하고야 말았소. 알고 보니 서점 주인의 아들에게 내 자리를 물려준 것이라오. 졸지에 자리에서 쫓겨나고 나니 참으로 막막할 수밖에 없었지. 실의에 빠져서 집에서 허송세월을 보냈다오. 그러다가 우연하게 웃고 지나가는 서점 주인과 아들을 발견하였소. 그걸 보니 눈에서 불이 번쩍했다오. 남자라면 어렵고 힘들수록 힘을 내야 하는 법이오."

"혹시 어르신께서는 백문보 한림대학사님이 아니십니까?"

이한열이 물었다.

그는 공부하던 시절 전시에 합격한 사람들의 이야기를 들은 적이 있었다. 힘들게 공부하는 학사들에게 백문보 한림대학사의 이야기는 유명했다.

한림대학사는 한림원의 수장이다.

한림원은 당대 이후 황제의 조칙이나 외교 문서의 작성, 역사 편찬 등을 맡아 보던 문한 기관으로, 옥당이라 부르기도 한다.

그리고 명 시기에 와서 경연의 임무를 맡으며 더욱 위상이 높아졌다.

한림원에 들어가는 것은 과거에 최고 성적으로 합격한 신진사들만 가능했다.

한림원은 과거를 보는 학사들이 최고로 가고 싶어 하는 기관이었다.

한림원의 학사들은 최고의 학문적 권위와 동시에 부귀영화도 함께 누렸다.

"얼마 전에 한림대학사에서 물러났다네. 나를 아는가?"

"과거 공부하던 시절 한림대학사님의 이야기를 들었습니다."

이한열이 존경스러운 시선을 보냈다.

백문보는 입지전적인 인물이었다.

"내 이야기를 듣고 느낀 바가 있소?"

"네."

이한열이 공손히 대답했다.

"나라면 결코 실망하지 않겠소. 전시에 합격했다면 대단한 능력이고, 자기 능력에 자신을 가져도 될 거요. 단지 주자소의 부정자 관직을 제수받았다고 실망하면서 인생을 보내고 말 것이오? 왜 안타까워하는 것이오?"

"광대하고 무궁무진한 미래의 가능성을 제가 짓밟고 있었습니다."

이한열은 강하게 말했다.

의기소침하던 모습이 그에게서 사라졌다.

"그렇소. 무시를 받을 때는 더욱 멋진 자신을 남들에게 보여줘야 하는 법이오. 뜻을 세우고 우뚝 선 모습을 보여야 하오. 그것이 바로 참된 인생을 살아가는 법이오."

"뜻을 세우고 우뚝 서겠습니다."

이한열의 눈동자가 초롱초롱하게 빛났다.

"삶은 스스로 개척하는 것이라오. 타인에게 휘둘리는 삶이 아닌 자신의 인생을 살아가시오. 그것이 행복에 이르는 길이라오. 나 역시 이제 그 행복을 찾기 위해 노년의 몸이지만 떠날 생각이라오."

백문보는 말을 끝냈다.

한림대학사라는 높은 지위에 올라 황제를 마주 대하고 지냈지만 행복하지 않았다.

그저 앞만 보고 열심히 달려왔을 뿐이었다.

노년에 이른 백문보는 즐거움을 찾아서 떠나려 하고 있었다.

슥!

그가 나무에서 몸을 일으켰다.

그에게도 부임했던 초기, 어렵고 힘든 시절이 있었다. 정칠품 학정으로 일하면서 주자소를 관리했었다. 참으로 답답하던 하급 관리 시절, 밤 산책을 즐겨 했고 주자소의 나무에 몸을 기대어 밤하늘을 보고는 했다.

"잘 있으시게나."

나무를 잠시 쓰다듬던 백문보가 천천히 걸음을 옮겼다.

"좋은 말씀 잘 들었습니다. 내일도 뵈었으면 좋겠습니다."

이한열이 백문보에게 허리를 숙이면서 정중하게 인사했다.

예기치 않은 곳에서 한림대학사 백문보와 같은 거물을 만났다는 사실에 그의 심장이 요란하게 뛰었다.

그는 백문보의 현기 어린 이야기를 듣고서 참으로 많은 것을 깨달았다.

그의 희망이란 주자소에서 벗어나 영전하는 것뿐이었다.

"희망은 가만히 기다리는 것이 아니라 쟁취하는 것이다. 삶은 스스로 개척하는 거야."

이한열이 의기소침해지지 않겠다는 듯 결심을 굳혔다.

그는 다음 날 아침부터 부산하게 움직이기 시작했다.

기술자들을 만나고, 주자소의 일이 어떻게 돌아가는지 정열적으로 파헤치기 시작했으며, 기술자들과 어떻게 일을 해야 하는지 의논했다.

기술자들은 하나같이 뛰어난 실력을 지니고 있었다.

자금성 주자소에서 일하는 그들은 명장 소리를 들어도 부족하지 않았다.

그런 기술자들과 만나서 정열적으로 이야기를 하다 보니 답답하던 가슴이 맑아졌다.

하루 종일 열심히 시간을 보낸 이한열은 더 이상 불면증에 빠지지도 않았다.

바쁘게 시간을 보내던 이한열이 다시금 밤 산책을 나섰다.

그런데…….

백문보가 기대어서 하늘을 보던 나무는 그저 혼자서 오롯이 서 있을 뿐이었다.

"아!"

이한열이 안타까운 탄성을 터트렸다.

백문보를 또 만날 수 있을까 싶어 매일 밤 백문보와 함께 있었던 장소를 찾았다.

하지만 이한열은 더 이상 백문보를 보지 못했다.

며칠 뒤, 바쁜 나날을 보내던 이한열은 백문보가 관직에서 물러나 고향으로 떠났다는 소문을 전해 들었다.

순간 이한열의 머리에 떠오르는 말이 있었다.

"삶은 스스로 개척하는 것이라오. 타인에게 휘둘리
는 삶이 아닌 자신의 인생을 살아가시오. 그것이 행복
에 이르는 길이라오. 이제 그 행복을 찾기 위해 노년의
몸이지만 떠날 생각이라오."

이한열은 차후에 기회가 닿으면 백문보를 찾아갈 생각이
었다.
백문보는 그에게 값진 가르침을 준 스승이었다.

第三章

외문무공

이한열이 열심히 일하고 있는 주자소의 기능공들을 향해 다가갔다.

"일이 힘들지는 않소? 필요한 도움이 있으면 얘기하시오. 내 힘닿는 데까지 도와주리다."

이한열은 나이가 많은 노인을 상대로 편하게 말을 놓았다.

그는 종구품의 관리였다.

기능공들은 모두 그보다 낮은 직급의 사람들이었다.

철저하게 계급 사회인 관청에서 나이가 많다고 말을 높여 줄 이유는 하나도 없었다.

"아닙니다. 그저 시키실 일이 있으면 망설이지 말고 분부를 내려 주십시오. 무슨 일이든 하겠습니다."

"무슨 일을 하시오?"

"소인은 금속활자를 만듭니다."

"금속활자 만드는 법을 알려 주시오."

"그것을 배워서 무엇을 하시려고 합니까?"

뜬금없는 부탁에 금속활자 기능공이 화들짝 놀랐다.

기술이 천대를 받고 있는 현실에서 관리가 금속활자 만드는 법을 배우겠다고 하니 놀랄 수밖에 없었다.

"비인부전이오?"

"아닙니다. 그저 놀라서 송구스럽게 물었을 뿐입니다."

"주조 기술을 배워서 활자를 만들어 보고 싶소."

"알겠습니다. 가르쳐 드리겠습니다."

이한열은 주자소에서 스스로 일을 찾아서 하기 시작하며 금속활자 주조 기술을 배웠다.

하지만 주조 기술은 하루 이틀에 익힐 수 있는 것이 아니었다. 이한열은 과거 공부를 할 때처럼 잘할 수 있을 때까지 열심히 땀 흘리는 것이 최선이라고 생각했다.

그는 그렇게 주자소에서 기술을 배웠다.

그리고 어느새 주자소에서 꼭 필요한 사람이 되었다.

날이 갈수록 기술자들은 이한열을 다른 눈으로 보게 되

었다.

이한열은 보통의 문인들이나 관리들처럼 몸을 아끼지 않았다. 땀을 뻘뻘 흘리면서 기술을 습득해 나갔다.

하나를 가르쳐 주면 반드시 열 개를 배우겠다는 자세로 달려드는 이한열을 보고 사람들은 혀를 내둘렀다.

"이번에 온 관리는 보통 인물이 아니로군."

"대단해."

"배운 지 얼마 지나지 않았는데 벌써 일 년은 족히 배운 사람의 솜씨야."

"어떤 일이건 한 번 일러 주면 절대 잊어버리는 법이 없어."

"머리가 뛰어난 건 이미 나라에서 증명해 줬지 않은가? 이한열 부정자는 전시 합격자일세."

"하긴 그렇군. 뛰어난 머리 덕분인지 어깨너머로 배운 기술이라도 단숨에 자기 것으로 만들어 버리니 놀랍지 않은가?"

"명석한 두뇌 때문만은 아닐세. 주자소에 가장 먼저 나오고, 마지막에 퇴근하는 사람이 바로 이한열 부정자이네. 흘리는 땀과 노력에서 주자소의 누구도 그를 따라갈 수 없네."

"그러게 말일세. 원래 타고난 재주도 비상하지만 그 노력 또한 대단해."

주자소의 기능공들은 이한열에 대해 감탄했다.

보통 관리들이라면 더럽고 험하고 천한 일이라면서 지시만 할 뿐인데, 이한열은 직접 기능공들과 함께 움직였다.

아무리 사소한 일이라도 꾀를 부리는 법 없이 기능공들과 함께 땀을 흘렸다.

처음에는 다소 꺼리던 기능공들도 이한열과 일하는 부분에 있어 이제 스스럼이 없어졌다.

날이 갈수록 주자소 기능공들의 입에서는 이한열에 대한 감탄과 칭찬하는 소리가 흘러나왔다.

"일은 재미있나?"

채광석이 기술을 배우고 있는 이한열을 비아냥거렸다.

"재미있습니다."

"고작 한다는 것이 기술을 배우는 것인가?"

"정자께서는 별말씀을 다 하십니다. 저는 부정자로서 최선을 다해 일하고 있는 겁니다. 황제 폐하의 은혜에 보답하고자 하는 마음뿐입니다."

"하하하하! 그렇지. 자고로 관리는 위로는 황제 폐하의 은혜에 보답하고, 아래로는 백성들을 살펴야지."

채광석이 허리를 구부리면서 냉소적인 웃음을 터트렸다. 그의 마음속에는 황제에 대한 원망이 가득 실려 있었다.

사실 그는 이한열이 주자소의 삶에 적응하지 못하고 방황할 것이라 여겼다. 하지만 그의 예상과 달리 이한열은 무척이나 열심히 주자소에 녹아들었다.

"이런 식으로는 평생을 가도 주자소에서 벗어날 수 없다네. 바보처럼 있지 말고 좀 더 분발해 보게. 그리고 이것은 위에서 금속활자로 만들어서 찍어 내라고 한 물건이네."

품속에서 서책 한 권을 꺼내 이한열에게 던진 채광석이 비아냥거리면서 자신의 거처로 걸음을 옮겼다.

불평불만을 가지고 있는 그였지만 매일 주자소로 출근을 해야만 했다. 그래야 자리를 유지하고, 녹봉을 받을 수 있기 때문이다.

그의 요즘 일과 가운데 하나는 바로 이한열을 비아냥거리는 것이었다. 그는 단지 아직까지 희망을 놓지 않고 있다는 이유 하나만으로 이한열을 바보 취급하고 있었다.

'바보는 희망을 놓아 버린 당신이오.'

서책을 받아 든 이한열이 등을 돌리면서 사라져 간 채광석을 보며 생각했다.

"정자의 말은 한 귀로 듣고 한 귀로 흘려버리십시오."

"귀담아들을 필요가 없는 말이외다. 정자께서 왜 자꾸 부정자의 심기를 건드리는지 모르겠소이다."

기술자들이 다가와서 이한열을 위로해 줬다.

그런 사람들에게 이한열은 커다란 고마움을 느꼈다. 처음에 낯설게만 보이던 기술자들에게서 점점 정을 느끼게 되었다.

"괜찮소. 나는 저런 말에 흔들릴 정도로 나약하지 않소."

그는 세상에 대해서 알고 있었다.

세상 모든 사람들이 착한 것은 아니다. 사람들 가운데는 나쁜 사람들도 존재한다.

이한열에게 채광석은 하등 도움이 되지 않는 나쁜 사람이었다.

"무슨 책을 금속활자로 만들라고 하는 거지?"

이한열이 서적을 내려다보았다.

서적의 위에는 '횡가철문전'이라고 용사비등한 글씨체로 힘차게 적혀 있었다.

팔락! 팔락!

표지를 넘기자 힘찬 글씨체로 적힌 글이 보였다. 그리고 한쪽에는 금방이라도 튀어나올 것처럼 보이는 사내가 그려져 있었는데, 신기하게도 벌거벗은 사내의 몸에는 푸른색과 붉은색의 점들이 잔뜩 찍혀 있었다.

"무공비급인가?"

이한열이 수중에 들린 횡가철문전을 내려다보면서 중얼

거렸다.

그의 이야기를 옆에서 듣고 있던 오진일 야장이 입을 열었다.

"간혹 무공비급을 금속활자로 만들어 달라는 지시가 내려오고 있소이다."

"제작 의뢰를 한 사람이 누구인지는 아시오?"

이한열은 의문을 가졌다.

주자소가 비록 한가한 곳이라고 하지만 엄연히 황실의 녹을 먹고 있는 관리와 기술자들이 모여 있는 관청이었다. 무공비급을 금속활자로 만드는 것은 주자소의 일이 결코 아니었다.

'사적으로 누군가 시켰다는 소리인데…….'

이한열은 누가 제작 의뢰를 했는지 무척이나 궁금했다.

"잘은 모르겠고, 높은 사람이라고 알고 있습니다."

"언제부터 이런 지시를 받았소?"

"글쎄요. 정확히는 모르겠지만 이 년은 넘은 것 같습니다. 정말로 잊어버리려고 하면 간간이 제작을 의뢰하고 있네요."

"그것보다 더 됐어. 삼 년 가까이 될 거야."

금속활자를 만드는 야장 가운데 한 명이 말했다.

"정확하게는 이 년하고 팔 개월 됐어."

"네가 어떻게 알아?"

"무공비급을 금속활자로 만들라고 한 지시가 내려온 게 공교롭게도 이 년 전 내 생일이었거든. 그래서 정확하게 기억하고 있어."

야장 한 명이 정확한 시기를 이야기했다.

"주자소에서는 금속활자로 만든 서책들을 한 부씩 보관하고 있소. 무공비급들도 마찬가지요?"

"찍어서 주자소 창고에 보관하는 걸로 알고 있소이다."

"알겠소."

무공비급을 제작하는 일에 있어 이한열이 남다른 관심을 기울였다.

'제작 의뢰를 맡긴 사람은 지극히 높은 사람이다.'

이한열은 확신했다.

주자소의 관리와 기술자들을 사적으로 이용하고도 말이 나오지 않게 할 권한이 있는 자이다.

큰 권력을 가진 사람이 맡긴 무공비급을 바라보며 그는 잠시 사색에 빠졌다.

스팟!

이한열의 눈이 빛났다.

단순한 주자소의 일일 수도 있지만 이것이 그에게 연줄의 기회가 될 수도 있기 때문이었다.

비록 실낱처럼 가늘어서 금방이라도 끊어질 기회였지만 이한열은 어둠 속에서 광명을 찾은 느낌이었다.

두근! 두근!

오랜만에 그의 심장이 요란하게 뛰었다.

"이보게들! 이번 금속활자를 만드는 데 있어 각별하게 신경을 쓰기로 하세. 될 수 있으면 비급의 용사비등한 글씨체를 그대로 금속활자로 옮길 수 있도록 하세."

이한열이 말했다.

"용사비등한 글씨체를 표현하려면 시간이 많이 걸릴 수밖에 없소이다."

"쉽지 않은 일입니다."

기술자들이 난색을 표했다.

딱 봐도 무공비급에 적혀 있는 글씨체는 예사롭지 않았다. 기백이 담겨 있는 글씨체로, 금속활자로 하려면 적지 않은 시간과 많은 노력이 필요했다.

기술자들은 사적으로 내려온 일에 그런 노력을 기울여야 할 이유를 느끼지 못했다.

"높은 분이 맡긴 일이잖소. 이번 일을 잘 끝마치면 내가 좋은 곳으로 가서 제대로 술 한 잔 사겠소. 그러니 여러분의 훌륭한 실력을 보여 주시오. 혹시라도 높은 분의 심기를 언짢게 하면 우리 모두에게 큰일이 아니겠소?"

이한열은 사비를 털어 가면서까지 사람들을 다독거렸다. 그리고 마지막에는 열심히 땀을 흘려야 하는 그럴싸한 이유를 댔다.

"부정자께서 그렇게 말씀하신다면 열심히 해야겠지요."

"이토록 저희들을 신경 써주시니 감사할 따름입니다."

기술자들이 이한열을 향해 일제히 고개를 숙였다.

그들은 높은 사람에게서 질책을 받지 않도록 아랫사람들을 다독거리며 통솔하는 이한열을 높이 평가했다.

"객쩍은 소리들 그만하게. 모두가 함께 잘 살아 보자고 한 소리이네."

사심을 가지고도 겉포장을 잘해서 칭송받은 이한열이 너스레를 떨었다.

두근! 두근!

그의 심장이 요란하게 뛰기 시작했다.

팔락! 팔락!

이한열은 횡가철문전의 내용을 살펴보았다.

"몸을 무쇠와 같이 단련하는 법이라! 손가락으로 힘차게 내리치면 검도 끊을 수 있고, 찌르면 바위에도 구멍을 뚫을 수 있다고?"

횡가철문전 안의 구결에는 몸을 보호하여 칼과 도검에

상처 입지 않는 법들이 적혀 있었다.

"횡가철문전을 완성하면 창이나 검이 들어가지 않는 신체 갑옷을 입은 셈이 되겠군. 사람의 몸으로 도창을 불입한다는 것이 말이 되는지 모르겠군."

이한열은 횡가철문전의 내용에 대해서 믿기가 어려웠다.

횡가철문전은 외문무공으로, 뼈를 깎고 살을 터뜨리면서 완성하는 무술이다. 맨몸을 수천 번 가격당하면서 단련한 후 비방에 의해 만든 약물에 목욕을 하여 신체를 철과 같은 성질로 바꿔 놓는다는 것이 주된 요체였다.

"무수히 맞아야 한다 이거지? 익히다가 세상을 하직할 수도 있는 무공이로구나."

이한열이 중얼거렸다.

머리를 주로 사용한 그는 이처럼 폭력적인 수련법을 좋아하지 않았다.

주자소 창고에서 찾아낸 또 다른 두 개의 무공비급은 '철사장'과 '연금종주'였다.

"끓는 가마솥에 자신의 양손을 수천 번 찔러 넣어야만 하다니, 참으로 극악한 수련법이구나. 손톱이 빠지고 살이 터져 나간 상태에서 약물에 손을 담가 도검불침의 강철 손을 만든다고? 이런 철사장을 익히고 있는 사람이 있단 말인가?"

철사장의 극악무도한 수련법을 본 이한열이 몸을 떨었다.

부르르! 부르르!

횡가철문전과 철사장은 외문무공으로, 내공이 없이도 수련할 수 있는 무공이다. 내공을 이용하는 내가기공과 달리 누구나 쉽게 익힐 수 있다는 장점이 있었다. 하지만 단시간에 익히기가 거의 불가능하고, 수련하는 데 많은 위험이 뒤따른다.

"몸을 부드럽게 하여서 외부의 기운을 흡수한다? 연금종주는 다른 무공에 비해서 조금 낫군. 그렇지만 이것도 결국에는 맞아 가면서 수련하는 것이잖아."

이한열이 미간을 찌푸렸다.

탁!

그는 연금종주 비급을 덮었다.

탁자 위에는 무공에 대해서 자세하게 기술되어 있는 '무공학개론'이라는 두툼한 책 한 권이 있었다. 그것은 이한열이 이번 전시에 합격한 동기로부터 개인적으로 잠시 빌린 무공에 대한 책이었다.

"무공은 실로 오묘하군. 몸에 쌓은 내공으로 추위 속에서 온기를 일으킬 수 있고, 몸을 강철처럼 단단하게 수련하여 도검을 방지할 수도 있다."

공부를 한 이한열은 무공이 내공과 외공으로 구분된다는 사실을 알았다.

"횡가철문전, 철사장, 연금종주는 모두 외공이로군. 나이가 많아서 심맥이 굳어 버린 나에게는 외공이 더욱 어울린다고 했다."

횡가철문전과 철사장을 익히기엔 시일도 걸리고 까다로운 금기도 많을뿐더러 비법으로 만든 약물도 필요했다. 때문에 수련법이 극악한 횡가철문전과 철사장은 익히고 있는 사람들이 많지 않았다.

하지만 횡가철문전과 철사장을 최고조로 익히면 금강불괴지신에 도달할 수 있다는 이야기가 있었다.

금강불괴지신!

절대로 파괴되지 않는 무적의 신체이다.

하지만 횡가철문전과 철사장을 익혀 금강불괴지신에 도달한 무인은 여태까지 등장하지 않았다.

그저 전설일 뿐이었다.

"이것들을 수련해야 하나?"

이한열은 무공비급들을 바라보면서 고심했다.

무공비급의 내용들은 모두 그의 머릿속에 들어와 있었다.

하지만 아는 것과 수련하는 것은 천양지차였다.

주자소에서의 생활은 날마다 지루하게 되풀이되고 있었다. 기술자들에게 기술을 배우면서 나날이 성장하고 있었지만 관리로서의 앞날은 깜깜하기만 했다.

지금까지 관리로서의 그의 삶에서 부귀영화는 발견되지 않았다.

그때였다.

"안에 있는가?"

신승우의 목소리가 들려왔다.

신승우는 이번 전시에서 이한열과 함께 합격을 한 학사였다.

"어서 오게나."

이한열이 반갑게 신승우를 맞이했다.

그가 보았던 무공학개론 서적도 신승우가 구해다 준 것이었다.

"아휴! 힘들다."

위생국의 일을 끝마치고 온 신승우가 너스레를 떨었다.

신승우는 위생국 종칠품의 관리직을 받았다.

위생국은 의약과 전염병 예방 업무 등을 맡고 있는 황실 기구이다. 매일 피를 봐야 하고, 일이 힘들고, 더러운 일들을 많이 해야 하기 때문에 많은 사람들이 기피하는 곳이기도 했다.

신승우도 이한열처럼 참으로 깜깜한 관리 생활을 하고 있었다. 그렇기에 비슷한 처지의 이한열과 만나 위로를 자주 받았다.

자주 만난 그들은 유달리 친해졌고, 서로의 흉허물도 가리지 않는 사이로 발전했다.

"자네! 진정 무공을 익힐 생각인가?"

방으로 들어선 신승우가 탁자 위에 놓인 무공비급들을 눈으로 살피며 말했다.

"고민하고 있는 중이네."

"왜 무공을 배우려고 하는가?"

"자네도 대강은 짐작하겠지만 부정자로서의 앞날이 참으로 암담하네. 관직을 벗어던지고 나가자니 그동안 공부한 것이 아깝고, 그렇다고 부정자로 남아 있자니 답답한 실정이지."

"나도 마찬가지이네."

"그런데 어느 분인지는 모르겠지만 높은 신분의 사람이 주자소에 떡하니 무공비급들을 보냈다네. 그걸 본 순간 이 무공비급을 익히면 높은 분에게 가까이 다가갈 수도 있겠다는 생각이 들었지."

"단순하게 무공비급을 보낸 것일 수도 있잖은가?"

"거의 삼 년에 걸쳐 세 번이나 반복됐으면 그것이 결코 단순하다고 할 수는 없지."

"익히려고 마음을 먹었는가 보군."

"답답한 처지에 뭐라도 하지 못하겠는가?"

이한열이 말했다.

신승우와 대화를 하면서 그는 점차 마음을 굳혔다.

그 역시 다른 고관대작들처럼 엄청난 저택에서 아름다운 여인들을 데리고 살맛나게 살고 싶었다.

그러기 위해서는 무공도 기꺼이 배울 수 있었다.

외문무공을 수련하는 데 있어 해로울 건 하나도 없었다. 무공 수련은 몸을 건강하게 해주고, 정신까지 살찌워 준다.

행여 높은 분과의 기회를 잡지 못한다고 해도 이한열에게 손해가 날 건 없었다.

"어쩔 텐가? 함께 배우겠는가?"

"됐네. 비록 앞날이 깜깜하긴 하지만 나는 무공을 배울 생각이 전혀 없네."

신승우가 고사했다.

한때 병서를 공부한 그는 외문무공에 대해서 적지 않은 지식을 가지고 있었다. 때문에 횡가철문전, 철사장, 연금종주의 수련법이 결코 녹록지 않음을 잘 알았다.

슥!

신승우가 자리에서 그대로 일어서려 하였다. 괜히 옆에

있다가 함께 무공을 수련하자는 이한열에게 끌려들어 갈 수도 있었기에 자리를 피하려고 한 것이다.

"부탁이 있네."

이한열이 일어서려는 신승우의 팔을 붙들었다.

그는 신승우가 무공 수련을 거절할 것을 미리부터 다 짐작했다.

이한열이 주자소에서 벗어날 가능성은 거의 없었다. 아니, 아예 없다고 말해도 틀리지 않았다.

"횡가철문전, 철사장, 연금종주를 익히면 약간의 가능성이 생긴다네. 하지만 이것들을 익히기 위해서는 비법으로 만든 약물이 필요하지. 도와주게."

이한열이 자신이 생각한 바를 털어놓고 신승우에게 도움을 구했다.

"도와주면 나에게 뭐를 해줄 수 있나?"

신승우가 물었다.

그는 이한열이 자신에게 비법으로 약물을 만들어 달라는 걸 바로 알아차렸다.

위생국에서는 많은 약재들을 사용하고 있었고, 신승우는 약재의 출납을 관리했다. 약간의 권한이지만 그러면 충분히 약재들을 빼돌릴 수 있었다.

적지 않은 위생국 관리들이 약재를 뒤로 빼돌려서 시중

에 팔아 치웠다. 시국이 어지럽다 보니 도처에서 사리사욕을 챙기는 것이다.

"차후에 내가 힘을 얻는다면 자네를 이끌어 주겠네."

이한열이 말했다.

"흐음!"

신승우가 탁자를 손가락으로 툭툭 치면서 고민에 빠졌다.

'어떻게 한다?'

그는 뜨거운 열정을 토해 내고 있는 이한열을 물끄러미 바라보았다.

사실 그도 얼마 전부터 선배 관리들과 함께 약재를 시중에 팔아 치우고 있었다. 그렇게 얻은 돈으로 기루에 가 아름다운 여인들을 품에 안고, 약간의 돈은 집에 부쳐 주었다.

팔기만 하면 돈이 되는 약재를 이한열을 위해 사용할지 말지 고민하지 않을 수 없었다.

"아직도 결심을 하지 못했나? 그렇다면 도와주게. 은혜는 잊지 않겠네. 투자라고 생각하고 밀어 주게나."

이한열이 부탁했다.

신승우의 고민이 뭔지 뻔히 보였다.

그가 외문무공을 수련해서 기회를 잡지 못하면 돈 역시

허공으로 날아가 버리게 된다.

'어차피 가욋돈이다. 미래를 위해서 투자한다고 생각하자. 한열이가 성공하면 좋고, 실패해도 어차피 본전이다.'

곰곰이 생각하던 신승우는 도와주는 쪽으로 결정을 내렸다.

그는 내심 낮은 곳에서 벗어나기 위해 노력하고 있는 이한열의 열정에 감복했다. 사실 자신은 반쯤 포기하고 현실에 적응하고 있는 중이었기 때문이다.

'한열이라면 정말로 해낼 수도 있어.'

그는 이한열이 끊임없이 땀 흘리면서 발버둥 치고 있다는 사실을 누구보다 잘 알았다. 옆에서 지켜보고 있노라면 그의 노력이 참으로 대단했다.

신승우는 이한열이 어디까지 갈 수 있을지 무척이나 궁금했다.

"행하지 않으면 얻을 수 없다고 했지. 자네에게 투자하겠네."

"고맙네."

이한열이 입가에 미소를 지었다.

수련에 있어 가장 큰 문제 가운데 하나인 비법으로 만든 약물이 해결됐다.

"고마우면 꼭 성공하게."

"물론이네. 실망시키지 않겠네."

이한열이 단호하게 말했다.

"다음에 보세."

"연금종주를 가지고 가게."

"내가 가지고 가도 되겠나?"

"모두 머릿속에 기억하고 있으니 괜찮네. 연금종주에 적힌 비법에 따라 약물을 만들어 주게."

"알겠네."

이한열은 신승우를 따라 나가 문밖까지 전송하였다.

앞날이 깜깜한 곳에서 일하고 있는 이한열과 신승우, 두 사람이 손을 잡았다.

第四章

기초체력반

"제군들! 무관에 등록한 걸 환영한다. 나는 기초체력반에 등록한 제군들을 가르칠 조연풍이라고 한다."

탄탄한 몸과 멋진 콧수염을 가진 중년인 조연풍이 호탕하게 말했다.

그의 앞에는 해가 뜨기 전부터 나란히 서 있는 십여 명의 사내들이 있었다. 봉연무관의 기초체력반에 돈을 내고 등록을 한 사람들이었다.

열다섯 살의 어린아이도 보였고, 서른 살이 넘어가는 사람들도 보였다.

그런 사람들 틈에 이한열이 서 있었다.

"두 달간의 기초체력반을 거치고 나면 여러분은 튼튼한 체력을 갖추게 될 것이다. 질문할 것 있나?"

조연풍이 학생들을 바라보며 물었다.

그와 시선을 마주친 사람들은 어느 누구도 입을 열지 않았다.

"좋다. 곧바로 수업에 들어가기로 하겠다."

조연풍이 고개를 끄덕이며 말을 이었다.

조연풍은 봉연무관에서 가장 철저하게 가르치기로 유명한 교관으로, 너무나도 철저하다 보니 악명까지 얻었다.

만리장성 너머 오랑캐와 싸우면서 백인장의 지위에까지 올랐던 그의 악명 높은 기초체력 훈련을 거치게 되면 훌륭한 육체적 능력을 가질 수 있다.

반짝!

이한열의 눈에 이채가 번뜩였다.

그는 외문무공을 수련하기 위해 봉연무관에 등록했다. 새벽부터 시작하는 이른 아침의 수업이라면 두 시진 동안 들을 여유가 있었다.

아침 일찍 봉연무관의 수업을 듣고 주자소에 출근할 계획이었다.

'조연풍 무관의 훈련이 아주 강도가 높다고 했지? 훈련을 버텨 내려면 마음을 단단히 먹어야겠어.'

봉연무관에는 기초체력반이 세 개 있었는데 짧은 시간에 가장 혹독하게 가르치는 사람이 바로 조연풍이었다.

물론 악명 높은 훈련을 따라가지 못하고 떨어져 나가는 사람들도 많았다.

'훈련을 따라가지 못하는 건 모두 등록을 한 사람의 잘못이라고 했다. 그럴 경우에는 낸 돈을 돌려받지 못하지.'

등록을 받던 사람이 조연풍의 훈련 강도와 주의 사항 등에 대해서 설명해 줬다. 학창의를 입고 온 이한열이 조연풍의 훈련을 따라가지 못할 것이라 보고 미리 조언한 것이었다.

'혹독한 훈련이라기에 등록했지.'

이한열은 조연풍의 수업을 듣기로 결정했다.

고집스러운 이한열을 보면서 당시 등록을 받던 사람이 고개를 흔들었다.

"지금부터 나와 함께 기초 훈련 시간을 마음껏 즐기기를 바란다."

조연풍이 입가에 미소를 지으며 말했다.

그는 새로운 학생들을 가르칠 생각에 잔뜩 들떠 있었다.

"달리기는 체력을 증진시키는 데 탁월한 효과가 있다. 매일 아침 구보를 통해서 몸을 단련한다. 오늘은 처음 시작이니 가볍게 연무장을 열 바퀴만 돈다. 선착순 다섯 명이다. 늦은 사람들은 네 바퀴 추가다."

조연풍이 말했다.

"헉!"

"다섯 명 안에 들어야 해."

사람들이 앞다투어 앞으로 뛰어나갔다.

다다다다! 다다다다!

다다다다! 다다다다!

이십여 명의 사람들, 정확하게 스물두 명의 사람들이 내달렸다. 그들의 발밑에서 먼지가 자욱하게 피어났다.

"허억! 헉!"

연무장을 반 바퀴도 돌기 전에 이한열의 입에서 거친 숨소리가 흘러나왔다. 처음 달릴 때 중간 부분에 있던 그가 한 바퀴를 돌 때쯤 해서 가장 뒤쪽으로 처졌다.

오랜 세월 책만 파고든 공부벌레의 체력은 참으로 한심했다.

"쯧쯧! 참으로 허약한 체력이로군."

금방이라도 숨이 끊어질 것처럼 헐떡거리는 이한열을 보면서 조연풍이 혀를 찼다.

햇살이 풀잎에 내려앉은 이슬을 채 비추기도 전인 새벽!

칠흑같이 어두운 연무장에 모인 스무 명의 사람들은 오

늘도 어김없이 시작된 새벽 달리기에 여념이 없었다.

일곱 바퀴째 달리고 있는 이한열의 옷은 땀으로 잔뜩 젖어 있었다.

"허억! 헉!"

거친 숨을 내쉬는 그의 다리가 마구 흔들렸다.

털썩!

다리가 풀린 그가 통나무처럼 땅바닥에 쓰러졌다.

"엄살 피우지 말고 일어나라."

넘어진 이한열을 보면서 조연풍이 큰 목소리로 외쳤다.

"끄응! 일어납니다."

이한열이 일어나서 다시 뛰기 시작했다. 하지만 뛰는 속도가 무척이나 느렸다.

"처음부터 입으로 숨을 쉬지 마. 힘들더라도 코로 숨을 쉬어라. 그래야 더 오래 달릴 수 있다."

조연풍이 수업을 듣는 학생들 가운데 가장 저질 체력을 가진 이한열에게 조언했다.

'금방 그만둘 줄 알았는데, 잘 버티고 있어.'

그는 내심 이한열을 기특하게 여겼다.

처음 등록한 학생들 가운데 두 명이 그만뒀다.

조연풍은 가장 먼저 이한열이 안 나올 거라고 예상했다. 하지만 그의 예상은 빗나갔다.

이한열은 독기를 품고 체력 단련에 임하고 있었다.

"허억! 왜 처음에는 코로 숨을 쉬어야 합니까? 헉!"

거친 숨을 내쉬던 이한열이 뛰면서 가까스로 물었다.

"처음에는 코로만 쉬고, 중반을 넘어 힘들어지기 시작하면 코로 들이마시고 입으로 뱉고, 마지막 한계점에서는 입으로 쉬는 게 좋다."

"허억! 헉! 헉! 어떤 이치로 그런 겁니까?"

이한열이 재차 물었다.

금방이라도 숨이 끊어질 것처럼 그의 호흡은 거칠었지만 반짝이는 그의 눈에는 왜 그렇게 해야 하는지를 알고 싶어 하는 기색이 역력했다.

"끄응! 나도 그렇게 배웠고, 만리장성 너머 적들과 싸울 때 그런 호흡법으로 살아남았다. 이치를 알지 못한다고 해도 몸이 저절로 호흡법에 익숙해지게 만들어라. 너처럼 짧은 간격으로 입 벌리고 숨을 쉬는 건 좋지 않다. 될 수 있으면 길게 숨을 쉬어라."

조연풍이 정확한 이치를 설명하지 못하고 경험담을 내세워서 말했다.

'저 녀석은 열정적으로 훈련에 임하는 모습이 참으로 보기 좋아. 하지만 툭하면 왜냐고 물어서 나를 당황시킨단 말이야.'

조연풍의 미간이 찌푸려졌다.

방금 전 질문처럼 다른 사람들이 대수롭게 생각하지 않는 부분을 귀찮아하고 있는 그에게 끈질기게 물어 왔다.

조연풍은 그런 질문을 받을 때마다 적당하게 대답하기가 참으로 난감했다.

"호흡에 신경을 쓰면서 똑바로 뛰어! 걷는 거냐, 기어가는 거냐? 다리가 보이지 않을 정도로 뛰란 말이다."

제대로 대답을 하지 못한 조연풍이 이한열을 향해 큰 소리로 윽박질렀다.

"야, 거기! 앞에 가는 녀석! 입 벌리지 말고 코로 숨을 쉬란 말이다."

다른 학생에게 소리친 조연풍은 자연스럽게 이한열에게서 벗어났다. 계속해서 질문을 할 수도 있는 이한열이 두려웠다.

"허억! 헉!"

지옥같이 혹독한 훈련을 받고 있는 이한열의 입에서는 연신 뜨거운 숨소리가 흘러나왔다. 힘들어서 눕고 싶은 육체였지만 그의 마음은 열정으로 뜨겁게 타올랐다.

타타탁! 타타탁!

타타탁! 타타탁!

속도는 느렸지만 분명히 그가 뛰고 있었다.

꾸준하게 뛰는 그는 어제보다 빨랐다.

힘들게 몸을 단련하고 있는 그는 분명 성장했다.

'달리기와 숨쉬기가 큰 관련이 있다고? 왜 그런 것이지?'

이한열은 또다시 궁금해졌다.

그는 단순히 기초체력만 단련하고 있지 않았다.

체력 단련과 동시에 차후에 외문무공 훈련에 도움이 될 수 있도록 기초적인 무학이론, 혈도, 무림상식 등의 서적을 읽고 있었다.

육체 단련과 무공을 처음 접한 그는 무공에 대한 배움이 무척이나 낮은 편이었다.

하지만 그런 수준 낮은 단계를 빠르게 벗어나고 있었다.

이한열은 육체적인 훈련 외에 이론적인 공부에는 자신이 넘쳤다. 전시에 합격한 그에게 외우는 일은 크게 문제가 되지 않았다.

그러나 육체를 다루는 일에 대해서는 자신을 하지 못했다.

타타탁! 타타탁!

이한열이 상체를 세우고 연무장을 돌고 있었다.

오늘도 가장 뒤쪽에서 뛰고 있지만 그의 뛰는 속도는 일정했다.

그는 지난밤에 많은 서적을 탐독했다.

서적들에 적혀 있던 주옥같은 글귀들이 그의 뇌리에 가득 넘쳤다.

달리기의 기본은 호흡이라고 볼 수 있지요. 달리기를 할 때 입으로 숨을 들이마시고 입으로 숨을 내쉬게 되면 힘이 더 많이 들 뿐 아니라 입안이 금방 건조해져서 달리는 데에 방해가 되죠. 코로 숨을 들이마시고 내쉬도록 하는 것이 좋아요. 처음에는 코로 들이마시고 내쉬고가 잘 되지만 어느 정도 달리다 보면 숨이 많이 차오르기 때문에 코로만 숨 쉬는 게 쉽지 않게 되죠. 이때는 코로 들이마시고 입으로 숨을 내쉬도록 하는 것이 편하지요. 그리고 처음부터 너무 빨리 달리는 것보다 도착하는 곳에서 삼분의 이 정도까지는 정상 속도로만 달리다가 마지막 삼분의 일은 남은 힘을 전량 발휘하여 달리는 것이 더욱 시간 단축에 도움이 됩니다. 마지막으로 꾸준히 노력하면 체력 단련이 되기 때문에 달리기는 자신의 노력이 중요하다고 볼 수 있네요.

호흡만 제대로 해도 달리기의 절반은 제대로 하고
있는 것이라고들 말한다. 달리기에는 제대로 된 호
흡이 필수적이다. 복식 호흡을 추천한다.

달리기를 하고 있는 이한열의 호흡법이 바로 복식 호흡
이었다. 배 복 자 복식 호흡이 아니라, 겹치거나 두 번 한다
는 뜻의 복식 호흡.

"흐읍! 흡!"

코로 두 번 숨을 내쉬고, 두 번 숨을 들이쉬는 방식이었
다.

복식 호흡은 그가 연금종주에서 보고 배운 방식이다.

하지만 참으로 구식일 뿐 아니라 더욱 심각한 것은 그것
이 무척이나 힘들었다.

복식 호흡을 하니 어제처럼 달리기가 힘들지 않았다.

'호흡이 문제였구나.'

이한열은 그토록 숨이 찼던 이유를 호흡에서 찾을 수 있
었다.

연금종주의 호흡법은 복식, 삼식, 혹은 사식으로 지속적
으로 발전한다. 종국에는 구식으로까지 이어진다. 두 번,
세 번, 심지어 아홉 번씩 숨을 내쉬고 들이쉬는 것이 가능
했다.

그리고 가슴으로 얕게 하는 흉식 호흡이 아니라 배 속 깊이 들이마시고 뱉는 복식 호흡이었다.

이한열은 이런 호흡법을 뒷받침하는 의술서의 내용까지 살펴봤다. 이름 모를 의원이 저술한 인체해부도에 자세하게 설명이 되어 있었다.

바른 호흡법은 가슴 근육보다 주로 횡격막을 이용하는 복식 호흡이다. 복식 호흡을 할 때 가슴 근육은 거의 움직이지 않는다. 그 대신 숨을 들이쉬면 배가 나오고, 내쉴 때는 배가 들어가기 때문에 마치 복부가 모든 작업을 하는 것처럼 보인다. 복식 호흡이라는 용어는 그저 현상을 묘사한 것일 뿐이다. 복식 호흡에서 더욱 발전하여 단전으로 기운을 조절하는 것이 바로 내공심법이다.

연금종주의 연금 호흡법은 복식 호흡이지만 내공심법의 이치를 포함하고 있었다.

연금종주의 내용을 모두 머릿속에 넣고 있었는데 왜 이걸 미처 몰랐을까!

이한열은 머리가 나쁘면 몸이 고생한다는 사실을 바로 자신에게서 알아냈다.

연금종주는 모든 행동에서 자연스럽게 복식 호흡을 하라고 이야기하고 있었다. 그리고 복식 호흡이 완전해지면 삼식 호흡으로 넘어서라고 했다.

"크윽!"

이한열의 입에서 답답한 신음 소리가 새어 나왔다.

익숙하지 않은 복식 호흡을 하자 갈비뼈 아래에서 격렬하게 결리는 듯한 통증이 일어났다.

'횡격막 경련이구나.'

이한열은 옆구리가 끊어지게 아파 오는 통증의 정체를 알아차렸다.

하지만 복식 호흡법을 멈추지는 않았다.

연금종주에는 복식 호흡법에 대한 다른 언급이 더 이상 없었다.

하지만 이한열은 의학 서적과 다른 책들을 참고하여 복식 호흡에 도움이 되는 방법을 찾아냈다. 그 가운데 육체를 단련하는 초보가 횡격막의 결림을 피하는 방법도 알아냈다.

내지르듯 숨을 내쉬라.

배로 호흡하라.

운동을 통해 복근을 강화하라.

코를 통해 내지르듯 숨을 내뱉은 이한열은 배를 통한 호흡에 더욱 빠져들었다. 길게 숨을 들이마신 그가 배로 호흡을 펼쳤다.

그는 머릿속에 익힌 내용들을 육체적으로 그대로 풀어내려고 노력했다.

"흐음! 어제보다 많이 나아졌군. 하룻밤 사이 다른 사람이 되어 있는 모습이야."

조연풍은 이한열이 달리는 모습을 흥미롭게 바라보았다.

"배를 통한 호흡을 익히고 있군."

그가 볼 때 이한열의 복식 호흡은 무척이나 어색했다. 한참이나 겉돌고 있었지만 차츰 개선되고 있는 모습이 보였다. 달리기 자세와 복식 호흡이 점차 하나로 녹아들어 갔다.

하지만 순간과 호흡을 조절하는 것이 쉽지 않았다.

균형이 흐트러지면 다시금 가슴 부위가 오르락내리락했다.

"후욱! 훅!"

잘못된 점을 차차 없애 가면서 이한열이 가슴을 펴고 천천히 숨을 코로 깊숙이 마신다.

볼록! 볼록!

그는 숨을 마실 때 의식은 아랫배에 집중하고 숨이 찬 아랫배가 불룩해지는 모습을 상상한다. 그리고 내쉴 때는 공기를 완전히 뺀다는 생각으로 아랫배를 집어넣는다.

휘익! 휙!

배로 숨을 깊이 들이마시고 천천히 내뱉고 하는 사이에도 팔과 다리는 계속 움직였다.

복식 호흡을 하려 노력하면서 뛰는 이한열의 모습은 아직 엉성했다.

'숨이 가쁘지 않아.'

이한열이 항상 내뱉던 거친 숨이 사라졌다.

비록 가장 뒤에서 달리고 있었지만 이제 그는 숨소리가 거칠지 않았다. 거친 호흡으로 많이 낭비했던 기운이 사라지자 별로 힘도 들지 않았다.

'이것이 바른 호흡법이로구나.'

이한열은 코로 숨을 쉬고 배로 호흡하는 법을 알아차렸다.

다만 너무 배의 복식 호흡에만 신경을 쓰다 보니 달리는 속도가 느리다는 점이 문제였다. 종종 복식 호흡의 순간을 놓치기도 했다.

그는 아직 어설펐다.

씨익!

그의 입가에 맑은 미소가 어렸다.

가쁜 숨을 몰아쉬지 않고 뛸 수 있다는 사실에 즐거워하고 있었다.

'달릴 때뿐만 아니라 일상생활에서도 복식 호흡을 해야겠어.'

연금종주에서는 복식 호흡을 완전히 익히는 데 범재라면 두 달 정도 걸린다고 했다. 뛰어난 사람이라면 보름 정도 걸릴 거라고도 했다.

그리고 평소에 걷거나 앉아 있을 때도 복식 호흡을 하는 게 좋다는 조언도 곁들였다.

연금종주의 수련은 일상생활의 모든 것에 연관되어 있었다.

이한열은 복식 호흡에 더욱 매진할 생각이었다.

*

"이한열! 실력이 많이 늘었구나."

조연풍이 이한열의 성장을 칭찬했다.

"아닙니다. 아직 가야 할 길이 멀었어요."

복식 호흡에 자신감을 얻은 이한열은 항상 성실하고 부지런하게 훈련에 임했다. 수업을 듣는 학생들 가운데 가장 저질 체력이었던 그가 빠르게 성장해서 꼴찌를 다른 사람에게 넘겨줬다.

그는 궁금하거나 이해하지 못하는 부분이 있으면 망설이지 않고 조연풍을 찾아가 끈질기게 질문을 했고, 확실히 이해될 때까지 오랜 시간 설명을 들었다.

그의 줄기찬 질문 공세가 있을 때마다 조연풍의 얼굴은 창백해져 갔다.

이한열은 궁금한 점을 단순히 조연풍을 통해서만 해결하지 않았다. 많은 책들을 보고, 주변 사람들에게 들으면서 최선의 노력을 기울였다.

저질 체력 개선에 놀라운 열정을 지닌 이한열에게 조연풍도 많은 관심을 기울이며 격려와 후원을 아끼지 않았다.

조연풍이 보았을 때, 이한열의 타고난 육체 능력은 대단하지 않았다. 하지만 훈련에 임하는 진지한 태도와 끈질긴 노력, 그리고 학습하는 자세가 그를 움직이게 만들었다.

"교관님! 오늘 말씀하신 이야기 가운데 동중정이라는 말이 궁금합니다. 이는 대체 어떠한 상태를 이야기하는 겁니까?"

이한열이 궁금했던 내용을 따로 시간을 내어 조연풍에게 물었다.

동중정!

움직임 가운데 고요함을 일컫는 말은 무척이나 심오하다.

수련을 하는 데 있어 항상 동중정의 마음가짐을 가져야 한다고, 조연풍이 오늘 입에 침을 튀겨 가면서 설파했다.

그리고 그가 강조한 동중정의 마음가짐이 이한열로 하여금 호기심을 불러일으켰다.

동중정은 어떠한 상황에서도 평상심을 잃지 않고 침착하게 변화에 대처할 수 있는 마음가짐이다. 동적 사고를 하는 가운데 사유를 하는 것이다.

이런 마음가짐은 역동성을 가진다.

그리고 이러한 심신의 경지를 동적 균형이라고 말하기도 한다.

주변이 천변만화하게 전개되면 스스로도 이에 따라 천변만화의 응변을 취하되, 심적으로는 평정을 유지하고 신체적으로 균형을 잃지 않는 동적 균형의 경지, 이것이 바로 수련의 궁극적 목표라 할 수 있었다.

와그작!

조연풍의 미간이 찌푸려졌다.

동중정이라는 말을 내뱉기는 했지만 실상 그것에 대한 이론적 지식은 많지 않았기 때문이다.

그렇지만 그걸 곧이곧대로 이야기할 순 없었다.

조연풍이 이한열의 꼬투리를 잡았다.

"뭐라고 하는 거냐? 모기처럼 작게 이야기하면 내가 알

아들을 수 있는가? 목소리가 작은 벌이다. 마보 자세를 일
각 동안 취한다. 실시!"

말로 설명할 수 없기에 대신 벌을 내린 것이다.

근래 들어 조연풍이 이한열에게 내리는 체벌이 자꾸 늘
어만 가고 있는 실정이었다.

계속해서 체벌을 받으면서도 이한열의 질문은 끊어지지
않았다. 간혹 가다가 제대로 된 설명이 나오기도 했기 때문
이다.

그리고 이런 체벌이 결과적으로 이한열의 육체 만들기에
도움이 됐다.

"알겠습니다!"

이한열이 크게 부르짖었다.

그는 학사로 살아오면서 큰 목소리를 내지 않는 것이 미
덕이라고 배웠다. 하지만 봉연무관에 와서 이한열의 그런
습관은 조연풍의 눈에 거슬렸다.

무릎을 구부린 이한열이 마보 자세를 취했다.

'목소리가 작을 뿐, 자세는 참으로 바르단 말이야.'

조연풍은 이한열의 마보 자세를 보면서 감탄했다. 하지
만 그런 속마음을 겉으로 표현하지는 않았다.

그는 학생들을 철저하게 쥐어짜는 교관이었다.

"오른쪽 다리를 든다. 실시!"

"알겠습니다."

이한열이 오른쪽 다리를 치켜들면서 마보 자세를 취했다.

꾹!

이한열은 흔들리는 자세를 바로잡기 위해 입술을 깨물며 더욱 복식 호흡에 집중했다.

주르륵! 주르륵!

이마에서 땀이 줄줄 흘러내린다. 눈꺼풀 속으로 파고드는 땀을 닦아 내고 싶었지만 마보 자세를 취하는 팔을 올릴 순 없었다.

부르르! 부르르!

마보 자세를 취하는 팔이 부들부들 떨렸다.

한쪽 다리를 든 상태에서 팔과 다리가 마비가 된 것 같았다.

하지만 이한열은 복식 호흡과 자세를 흐트리지 않았다.

'여기서 무너지면 안 돼.'

마보 자세가 무너지면 조연풍은 그걸 꼬투리 잡을 것이다. 그렇게 되면 연무장을 달리거나 마보의 시간이 더욱 늘어난다.

그렇기에 이한열은 버티고 또 버텼다.

전에 몇 번 마보 자세가 흐트러진 그는 연무장을 열 바퀴씩 돌았고, 마보도 반 시진씩 취하고는 했다. 힘든 훈련을 받은 뒤에 또다시 받는 훈련은 그를 녹초로 만들고는 했다.

그런 상태가 되면 주자소에 가서 일을 하기가 무척이나 어려웠다.

"교관님! 일각이 흘렀습니다. 이제 마보를 풀어도 되겠습니까?"

"일어나."

조연풍이 말했다.

한쪽 다리를 들고도 깔끔하게 마보 자세를 끝마친 이한열을 바라보는 그의 눈가에 아쉬움이 역력했다.

"이제 등청을 해야 할 시간입니다. 가르침을 주셔서 감사합니다. 동중정에 대한 나머지 가르침은 내일 와서 듣겠습니다."

이한열이 고개를 꾸벅 숙인 뒤에 재빠르게 달려갔다.

오늘도 두 시진 동안 혹독한 훈련을 받은 그의 몸은 마치 몽둥이에 얻어맞은 것처럼 욱신거렸다. 온몸에서 열기가 화끈하게 일어났고, 땀도 많이 흘려서 옷이 축축했다. 하지만 몸에 착 달라붙은 옷의 감촉이 나쁘지는 않았다.

땀은 이한열이 열심히 훈련한 결과 만들어진 것이었다.

그의 몸에서 시큼한 땀 냄새가 진동했다.

흘린 땀을 닦고 옷을 갈아입은 뒤에 등청하기 위해서는

시간이 빠듯했다.

그가 봉연무관의 연무장에서 빠르게 사라져 갔다.

"휴우! 내일 동중정에 대해 어떻게 설명해야 하나?"

조연풍이 머리를 쥐어뜯으면서 고민했다.

하지만 모른다고 말하는 건 그로서 무척이나 자존심이 상했다.

그렇기에 오늘도 집에 가서 무공 서적들을 살펴볼 생각이었다.

"평생 본 책보다 요즘 들어서 보는 책의 양이 더욱 많은 것 같으니 참으로 큰일이로군. 머리가 터질 지경이야."

이한열을 가르치기 위해 조연풍의 공부 역시 무척이나 늘어났다.

슥!

그의 입가에 얄궂은 미소가 그려졌다.

그는 평소 안 하던 공부를 하느라 머리가 아팠지만 그것이 싫지 않았다.

시간이 흘렀다.

봉연무관의 기초체력반 교육의 마지막 날이 찾아왔다.

처음에는 낯설고 난감하기만 했던 훈련에 이한열은 참으로 잘 적응했다.

도저히 견뎌 내지 못할 것 같던 이한열이 기초체력반 교육을 모두 이수했다.

뽀얗던 살결이 햇볕을 받아 구릿빛으로 그을렸고, 몽실몽실 부드럽던 배에는 어느덧 임금 왕 자가 새겨져 있었다.

어렵기만 하던 마보 자세도 일각을 넘어 반 시진 동안 견뎌 낼 수 있는 체력과 정신력을 갖췄다.

혹독한 교육을 받은 이한열은 조연풍과 상상 이상으로 가까워져 있었다. 질문과 대답이 오가면서 그들은 무척이나 친해졌다.

"그동안 고생했다."

"좋은 가르침을 주셔서 감사했습니다."

이한열의 뇌리에 지난 훈련 동안 받았던 기억들이 주마등처럼 스쳐 지나갔다. 연무장 달리기, 마보, 땅바닥 구르기 등 학사로 살아왔던 세월 동안 단 한 번도 하지 않았던 일들이었다.

"너에게 자주 체벌을 준 것은 실은 내 본심이 아니었다. 질문에 제대로 대답을 해줄 수가 없어서 체벌로 대체한 경우가 많다. 모른다고 말했으면 편했을 텐데, 속 좁은 나를 이해해 주기 바란다. 지기 싫어하는 성격을 알지만 나도 어쩔 수가 없었어."

체벌을 줄 때 무척이나 단호하던 조연풍이 고개를 숙였

다.

사납게 행동하고는 했던 그가 정식으로 사과하자 이한열은 깜짝 놀랐다.

"괜찮습니다. 체벌과 가르침 모두 저에게 큰 도움이 되었습니다."

"그렇게 생각해 주면 고맙지."

조연풍이 씨익 웃었다.

그는 마음속에 있었던 미안한 마음을 훌훌 털어 버렸다. 혹독하게 훈련을 시키기는 했지만 뒤끝이 있지는 않았다.

"근데 전시에까지 합격한 진사가 왜 육체를 단련하는 거지?"

조연풍이 궁금한 점을 물었다.

학사들도 간간이 봉연무관에서 육체 수련을 받고는 한다. 하지만 그건 말 그대로 아주 기초적인 수련법일 뿐이었다.

과거에 급제한 진사들이 봉연무관에서 군대식 기초 훈련을 받은 경우는 단 한 번도 없었다.

진사 정도 위치가 되면 이름 있는 문파의 내공심법을 얻기가 그다지 어렵지 않았다.

내공심법을 익히면 심신에 좋은 영향을 끼친다. 육체적으로도 건강해지고, 정신적으로도 넓고 밝아진다.

내공심법을 꾸준하게 수련하면 학사들의 공부에도 보탬이 되기에 근래 들어 학사들이 많이 익히고 있었다.

"외문무공을 익혀 보려고요."

"헉! 진짜?"

조연풍이 화들짝 놀랐다. 옆에서 지켜보면서 특이한 이라고는 생각했다. 하지만 외문무공을 익히려고 하는지는 꿈에도 몰랐다.

"육체를 단련하면 외문무공을 익히는 것이 쉬워지니까요. 탄탄해진 육체로 인해 비로소 외문무공 수련을 할 수 있게 됐어요."

이한열은 연금종주, 철사장, 횡가철문전을 수련하기 위해 대비했다. 그리고 그 대비 가운데 하나가 바로 봉연무관의 기초체력반 교육이었다.

"그렇구나."

조연풍은 뜨악한 눈빛으로 이한열을 바라보았다.

사실 외문무공은 강호 무림에서 점차 사장되어 가고 있는 공부였다.

"생각을 바꾸었으면 싶구나. 외문무공은 내문무공에 비해 한계가 있어."

조연풍이 우려를 나타냈다.

무공은 끊임없이 진보와 발전을 이룩해 왔다.

언제부터인가 내문무공은 외문무공에 비해 비약적인 발전을 계속했고, 지금의 무림에서 무공의 요체는 내문무공에 있었다.

강호 무인들은 내문무공이 외문무공보다 뛰어나다고 믿는다.

단전에 쌓은 기를 펼치면 육체의 단단함은 쉽게 허물어뜨릴 수 있다. 수십 년 세월 동안 익힌 육체의 단단함도 단전의 기로 뽑아 올린 검기에 의해 잘려 나가고는 했다.

내문무공과 외문무공은 상호 보완적 기능을 담당하면서 수준을 보다 고차원으로 승화시켰다. 물론 외문무공의 수련 과정에서 내공이 수행되고, 내문무공도 외문무공을 통하여 더욱 완벽하게 완성되었다.

무공 수련에 있어 내문무공과 외문무공에서 중시해야 할 것은 내문무공이다. 내문무공이 발전하면 외문무공은 자연스럽게 발전을 하게 된다.

"저는 무공으로 완성을 보려고 하는 것이 아닙니다. 해야 할 일이 있기 때문에 외문무공을 익히려고 하는 것이지요."

이한열이 담담하게 이야기했다.

진사인 그는 무공의 성취에 큰 욕심이 없었다.

그가 외문무공을 익히면서까지 원하는 것은 주자소에서

벗어날 기회를 획득하고자 함이었다.

하지만 친해졌다고 해도 조연풍에게 그런 바람을 허심탄회하게 털어놓을 필요는 없었다.

"힘든 길을 걸어가려 하고 있구나. 하지만 가야 한다면 즐기도록 해라."

조연풍의 조언이 이한열의 가슴에 울렸다.

그는 이미 어렴풋이 느꼈다.

외문무공을 익히는 일이 결코 쉽지 않다는 사실을……

고난과 역경이 펼쳐져 있다는 사실을 알고 있는 그의 입가에 맑은 미소가 떠올랐다.

고난과 역경은 무척이나 견디기 힘들지만 헤치고 나아가면 그 미래는 매우 밝았다.

그는 삶을 스스로 개척하면서 즐길 준비가 되어 있었다.

훈련을 통해 정신적, 육체적으로 한층 성숙해진 이한열은 다가오는 외문무공 수련을 향한 뜨거운 열망과 의지로 열렬하게 달아올랐다.

第五章
무학사 전재일

“기초부터 탄탄한 무학 수업을 원합니다.”

고개를 조아린 이한열이 배움을 청했다.

단정하게 앉아 있는 그는 이미 자신이 진사이며 주자소의 부정자로 일하고 있음을 앞에 있는 노인에게 하인을 통해 알렸다.

아침에 일어나서 뜀박질로 달리고, 뛰어다니면서 삼식호흡을 하고, 또다시 주자소에서 일을 하면서 그는 꾸준하게 삼식 호흡을 벌였다.

옷에 가려서 제대로 보이지 않지만 삼식 호흡을 하고 있는 그의 배가 볼록볼록 꿈틀거렸다.

그는 누구보다 열심히 일했다.

좋지 않은 환경으로 인해 끓어오르는 감정을 열심히 움직이면서 풀어냈다.

봉연무관의 수업을 끝마친 그는 새로운 가르침을 줄 사람을 찾았다.

봉연무관에서 육체적으로는 성과를 얻었지만 정신적인 학문의 배움은 허기졌다. 무공에 대한 이론적인 부분에 허기졌던 그는 체계적으로 알려 줄 수 있는 사람을 알아보았다.

이한열은 봉연무관에서 수업을 들으면서 마음이 불편한 적이 많았다. 머릿속으로 이해하지 못한 훈련법을 육체적으로만 강제적으로 했기 때문이다.

그는 과거에 급제를 한 진사였다.

납득할 수 없는 내용을 그대로 답습한다는 건 진사로서의 자존심 문제였다.

무릇 문제에는 답이 있기 마련이었다.

답을 구한 순간, 이한열은 머리에 환하게 불이 밝혀지는 익숙한 느낌을 받았다.

안개처럼 흐릿한 공간을 밝은 횃불을 들고 헤쳐 나간다고 할까?

어렵고 알지 못하는 부분을 공부해서 답을 찾아낼 때의

황홀한 기분은 말로 표현하기 힘들다. 답을 얻고 나면 구름을 밟고 있는 것처럼 아늑했다.

이한열은 무공을 수련하면서도 진사로서의 길을 원했기에 어둠 속에 있는 그를 밝음으로 인도할 사람을 찾았다.

그런 사람이 바로 전재일이었다.

전재일은 하얀 턱수염이 인상적이었다.

나이 든 모습과 함께 포근한 그의 모습에서 삶의 연륜이 은은하게 느껴졌다.

"무학 수업을 원한다고?"

전재일이 흥미로운 시선으로 이한열을 바라보았다.

독서에 열중해 있던 그에게 진사 신분의 손님이 찾아왔다고 하인이 알려 왔다.

전재일은 평생 공부를 했지만 운이 닿지 않아 향시에도 합격을 하지 못했다. 그렇기에 다른 일을 찾으러 돌아다녔고, 강호에서 할 일을 얻었다.

강호 무림에는 표사, 쟁자수, 호위무사, 낭인, 진법사, 술사 등 수많은 직업들이 있다. 그리고 무학사라는 특이한 직업도 존재했다.

무학사라는 직업은 학사무림과 묵필학사 등의 많은 별호를 가지고 있는 임학후 이후에 크게 부각된 신종 직업이었다.

임학후 이전에도 무학사의 역할을 하는 사람들이 있었지만 무학사라고 별도로 칭하지는 않았다.

그런데 기연을 제조하는 임학후 이후에 무학사라는 직업이 자연스럽게 만들어졌다.

무학사는 무공을 학문적으로 공부하는 사람들이다. 이들은 무공을 학문으로 보고 철저하게 이론적으로 파고든다.

때문에 무공을 수련하는 방법과 무공에 대한 전반적인 이치와 이론, 문제점들에 대해 박식했다.

하지만 강호 무림에서 무학사들은 무척이나 희귀했다.

이한열이 그런 무학사 가운데 한 명인 전재일을 만난 것은 엄청난 행운이었다.

"전재일 무학사님의 드높은 명성을 듣고 찾아왔습니다. 비록 지금은 강호에서 물러났지만 한 문파에서 중요한 직책을 맡으셨다고 말입니다. 저에게는 무공에 대해서 학식이 높은 분의 가르침이 절실합니다."

전재일이 웃음을 터트렸다.

"허허허! 이보게, 진사라는 사람이 관직을 얻었으면 더욱 공부에 매진해야 하지 않겠나? 진사에게 무공이 무슨 소용이 있겠는가?"

전재일은 그렇게 말하는 와중에도 마음이 아팠다.

만약 과거에 급제를 했다면 그는 무학사의 직업을 얻지

않았을 것이다. 과거에 합격하지 못했기에 떠돌다가 무학사로 일했다.

처음에는 박봉에 시달렸지만 이름을 얻고 나면서 많은 돈을 받았다. 무학사로 일하면서 모아 놓은 돈만으로 그를 비롯한 삼대가 풍족하게 살 수 있었다.

슥!

이한열이 전재일과 시선을 마주쳤다.

그는 전재일의 마음을 이해하고 있었다. 그렇기에 그런 마음을 헤아려 조심스럽게 말을 꺼냈다.

"하루 앞을 알 수 없는 것이 바로 관계입니다. 과거에 급제를 했지만 저의 처지가 좋다고 말할 순 없습니다. 그리고 배움의 경계가 어디에 있는 것인지요?"

이한열이 말했다.

"과거에 급제해서 관직을 얻었는데 처지가 좋지 않다고?"

"사람에게 신분의 격차가 있듯이 과거에 급제한 진사들에게도 위아래가 있습니다. 안타깝게도 제가 있는 곳이 가장 밑바닥이지요."

배움을 청하는 데 있어 이한열이 자신의 처지를 솔직하게 털어놓았다.

"등을 비빌 곳이 없으면 조정에 출사하지 말라고 하더

니……."

전재일이 안타까운 시선을 보냈다.

과거 급제 못 한 사실이 평생 그의 마음에 한으로 남아
있었다. 지금도 그로 인해서 마음이 무척 아팠다. 생각 같
아서는 늙은 지금, 다시금 과거에 도전하고 싶은 마음도 있
었다.

그런 한과 아픔이 조정의 관리가 되고도 인생이 꼬여 버
린 이한열을 만나면서 약간 풀어졌다. 이한열의 처지가 그
에게 위안이 됐다.

사람은 때로 다른 사람의 불행에서 위안을 얻는다.

"제가 등을 비빌 수 있는 곳이 바로 외문무공입니다. 높
으신 분이 외문무공에 관심을 가지고 있기 때문입니다. 그
래서 외문무공을 익히려고 하는데 머릿속에 안개가 끼어
있는 듯 모호합니다. 모호한 부분을 깨끗하게 밝히기 위해
서 배우고자 합니다."

이한열이 찾아온 이유를 솔직하게 밝혔다.

슥!

전재일이 이한열을 바라보면서 천천히 수염을 쓰다듬었
다. 그에게 있어 이한열을 가르치는 일은 별로 어렵지 않았
다.

"허허허! 그러한가! 그런 생각이면 아주 잘 찾아왔네. 아

는 것이 많지 않아 자네를 만족시킬지 모르겠지만 최선을
다해 가르친다는 것은 약속하지."

전재일이 이한열의 청을 승낙했다.

"실례를 무릅쓰고 찾아왔는데 환영해 주셔서 감사합니
다. 선생님께서 편안한 시간에 찾아뵙고 가르침을 받겠습
니다."

이한열이 기쁜 마음에 절로 고개를 숙여 감사함을 표시
했다.

진사의 명석함은 두말할 필요가 없다.

한 번 가르친 것은 그대로 머릿속에 기억을 하게 된다.
그런 명석함이 없으면 진사의 신분을 얻지 못한다.

그것도 최소한의 기준일 뿐이다.

문일지십의 명석함을 지니고 있어야 진사에서도 두각을
드러낸다.

진사 계급은 대륙에서 인정받은 놀라운 재능의 학사들이
었다.

전재일은 명석한 데다 행동거지도 바른 이한열이 마음에
쏙 들었다.

"진사의 무학 수업이라? 재미있겠군."

전재일이 웃으며 고개를 끄덕였다.

그는 기쁜 마음으로 이한열의 배움의 열정에 응했다.

전재일은 무림 문파에서 조언을 주는 학사 생활을 수십 년 동안 한 인물이었다. 무림 문파의 안팎에서 일어나는 일들을 보면서 그것들을 말과 글로 정리하여 문주들과 소속 무인들에게 알려 줬다.

그가 강호인들에게 무엇을 알려 주고 조언을 하기 위해서는 강호 무림과 무공에 대해 약간이라도 알아야만 했다.

그렇게 학사였던 그가 강호 무림과 무공에 대해 공부했다.

그는 배움의 열정이 대단한 사람이었다.

그렇기에 강호 무림과 무공에 대해서 정열적으로 파고들었고, 얼마 지나지 않아 그 실력을 인정받았다.

그 결과, 나이가 들어서 무림 문파에서 나올 때 나름 인정받는 무학사가 되어 있었다.

그는 몸담았던 곳에서 벗어나 가족들이 있는 북경으로 옮겨 왔다.

북경에서의 삶은 편안했지만 단조롭고 지루했다. 무림에서 무학사로서의 시간은 무척이나 활발하고 즐거웠는데 말이다.

그는 대부분의 시간을 책과 함께 보냈다.

유교경전과 불경, 도경 등의 서적도 읽었고 무학 서적들도 많이 보았다.

중원과 새외의 수많은 문물과 서적, 학문 등이 북경으로 집결된다. 북경에 있는 거대한 서점에서 무학 서적들을 구하는 건 어렵지 않았다. 무학 서적들이 대단한 절기들을 가지고 있지는 않지만 전재일이 공부하기에는 충분한 가치를 지녔다.

"무릇 배움과 가르침은 기쁨인 것이지요."

이한열이 웃었다.

가르침과 배움은 서로 반대이지만 동전의 앞과 뒤처럼 연결되어 있다. 가르치면서 배우고, 배우면서 가르치는 것이다.

그의 눈빛이 강렬하게 빛났다.

"나에게 배움을 받으려면 적어도 무학총론 여러 권을 읽어야 하지 않겠는가?"

"옳으신 말씀입니다."

이한열이 말했다.

사실 그가 무공에 대해 알고 있는 바는 그렇게 많지 않았다. 조연풍이 했던 말과 스스로 책을 보면서 공부했던 내용들뿐이었다.

책에 적혀 있는 내용들을 전부 기억하고는 있었다. 하지만 은유적으로 표현된 부분은 제대로 해석하지 못했다. 어떻게 해석하느냐에 따라 그 내용이 판이하게 달라지기 때문이다.

전재일은 새롭게 인연을 맺은 이한열을 보면서 즐거워했다.

그에게 배움을 청하는 사람들이 종종 있었다. 하지만 그들은 익힌 무공의 문제점이나 수련법에 대해서만 물어 왔을 뿐, 이한열처럼 무학 수업을 받고자 하는 사람은 단 한 명도 없었다.

'천생 학사이구나.'

전재일이 이한열을 높이 평가했다.

배움을 갈구하는 학사들은 처음부터 탄탄하게 지식을 쌓아 가는 과정을 무척이나 즐긴다.

전재일 역시 처음부터 차근차근 배우고 주변 사람들의 도움을 받으면서 무학사로 성장했다.

배움을 청하는 자들에게 스승이 있고 없고의 차이는 무척이나 크다.

글공부를 할 때 서당을 다녔던 것처럼 이한열은 전재일에게 배움을 청했다. 그에게 있어 전재일은 빛과 같은 사람이었다.

전재일의 방에는 책들이 가득했다. 너무 많아서 서가에 빽빽하게 꽂히고도 모자라 바닥에 쌓여 있었다.

"이 책은 강호의 무공에 대해서 귀곡자가 쓴 무공총론이네. 그리고 이것은 손을 쓰는 수법에 대한 무공총론이고, 이건 하체 단련에 대한 무공총론이네. 우선은 세 권의 책을 가지고 가고, 다음 무학에 대한 수업은 귀곡자의 무공총론으로 하기로 하세. 다음에 올 때 귀곡자의 무공총론 제일 장을 읽어 오게."

전재일이 서가에서 양손으로 들기에도 버거운 두꺼운 책 한 권과 논어를 모두 합하고도 남을 두께의 책 두 권을 꺼냈다.

가장 두꺼운 책의 표지에는 '귀곡자의 무공총론'이라고 적혀 있었다.

무학사의 수업은 단순히 육체적인 수련이 아니다. 수업을 듣고서 질문과 토론을 하고 이해하지 못하는 부분을 공부하는 것이다.

무학사들은 책을 읽고 토론하는 걸 좋아한다.

전재일은 무공에 대한 전반적인 내용을 이한열에게 가르치려고 했다. 학사의 시선으로 보고 익혀 왔던 것들을 밑바닥에서부터 차근차근 알려 줄 생각이었다.

이한열은 외문무공을 배우고자 했지만 전재일의 수업 내용을 억지로 정하지는 않았다. 그 역시 외문무공에 한정할 생각이 없었다.

아무것도 모를 때는 가르치는 선생님에게 결정권을 맡기

는 것이 옳았다.

그렇기에 이한열은 가르침을 스스로 선택하지 않고 전적으로 전재일에게 맡겼다.

"알겠습니다."

이한열이 기꺼운 음성으로 대답했다.

무공을 배우고, 옛사람인 귀곡자의 말씀을 마음에 새길수 있는 기회였다.

사실 지금의 이한열은 무척이나 수준이 낮았다.

그 사실을 알고 있는 그는 무척이나 분했다. 진사로 머리가 좋고 학식이 풍부했지만 무학에 있어서는 빈약했다.

'지금은 미약하지만 차후에는 창대하리라!'

이한열이 다짐했다.

"앞으로 수업 시간에는 무학 용어들을 사용할 것이다. 처음에는 현저히 떨어지는 소통 능력으로 그것이 힘들 것이다. 하지만 빠르게 질문과 토론, 그리고 대답을 무학 용어들로 해야 한다."

"최선을 다해 노력하겠습니다."

무학 용어로 수업 내용을 듣고, 정리하고, 다시 짧은 시간 안에 대답하거나 부족한 점을 물어본다는 것은 지금의 이한열로서는 불가능했다.

물론 봉연무관에 다니면서 집중적으로 공부해 무공에 대

해 이해하고 용어들을 많이 익히기는 했다. 그러나 강호의 시선으로 총론, 수공, 권법, 각법, 경신법 등의 각종 무공들을 공부하는 것은 아직 역부족이었다.

지금 이한열에게는 무공 이론뿐만 아니라 무공을 익히기 위한 강호 어학 능력을 기르는 것도 필요했다.

같은 글자라고 해도 어떨 때 사용하느냐에 따라 글자의 의미가 바뀐다.

과거에 급제하기 위해서는 이런 다채로운 변화를 잘 파악해야 한다. 그리고 무공을 수련하면서 성장하기 위해서는 무공의 뼈대를 이루고 있는 구결들을 다채롭게 여러 상황에 맞춰서 이해해야 한다.

이한열이 바라보는 시각에서는 그랬다.

그는 다른 강호인들처럼 무작정 육체적으로 수련하고 스승이 가르쳐 주는 걸 단순하게 외우지 않았다. 어디까지나 자신의 머릿속에 완벽하게 녹여 내기 위해서 노력했다.

'이렇게 공부해서 과거에 급제했다. 무공도 과거에 급제한 방식으로 접근한다.'

이한열은 지금까지의 공부 방식으로 무공에 접근했다.

"그대는 진사이지만 무학을 배우는 것에는 초보이네. 자존심을 버리고 처음부터 다시 시작한다는 자세로 배워야 할 것이야."

전재일이 말했다.

그는 처음 무공을 공부할 때 그걸 학문적으로 풀고, 그것을 다시금 무학으로 옮겼다. 그렇게 하면서 하나둘씩 모은 책들이 지금 방 안에 가득 넘쳤다.

"명심하겠습니다."

이한열은 초보라는 사실이 부끄럽지 않았다.

어릴 때는 기고, 좀 더 자라야지만 두 발로 설 수 있고, 그 뒤에야 비로소 걷게 된다.

배움에는 단계가 있다.

처음부터 모든 걸 알 수는 없는 법이다.

모른다는 사실은 결코 부끄러운 일이 아니다. 다만 부끄러워하면서 배우지 않는 것이 창피스러운 일이다.

"이미 알고 왔겠지만 무학사는 주로 무학의 기초적인 이론을 가르친다. 그리고 기초를 떼면 세밀하게 심화 학습을 벌이지. 진사인 그대가 기초를 빨리 뗀 다음에 심화 학습을 했으면 좋겠구나."

"노력하겠습니다."

이한열이 말했다.

그는 무학사에 대해서 이미 알아보았다.

무학사는 무공을 배우는 무인이 다음 과정으로 넘어가게끔 도와주는 것이 주된 임무였다.

강호인들 가운데 배우는 무공의 연혁과 특성, 이론 등에 대해 해박하게 알고 있는 사람들은 많지 않다. 그저 무공만 수련하고 머리가 비어 있는 사람들이 많았다.

이런 사람들에게 무학사의 도움은 참으로 적절하다.

무학사들은 머리가 텅텅 빈 강호인들에게 각종 이론과 무리들을 알려 준다. 그렇게 되면 머리와 몸이 조화를 이뤄 더욱 높은 단계로 들어가게 된다.

적어도 이론적으로는 그렇다.

강호인들 가운데 무학사들의 도움을 받아 한계를 뛰어넘는 경우가 종종 발생했다.

"무학사들에게서 배움을 얻어 한계를 뛰어넘는 걸 강호인들이 전승이라고 한다고 들었습니다."

"이치와 무리를 설파하는 수업을 듣고서 한계를 돌파하면 배움을 받아서 탔다고 하여 전승이라고 말한다. 다른 말로 흔히 기연이라고들 하고는 하지."

"전승은 어떤 형태로 오게 됩니까?"

"글쎄다."

전재일은 잠시 사색했다.

그는 강호에서 무학사로 지내면서 한계를 극복할 수 있도록 적극적으로 강호인들을 도왔다. 수십 년 동안 많은 강호인들을 만나 보고 그 가운데 전승의 경우를 몇 번 본 적도 있었다.

"깨달음의 영역인 전승이 어떻게 온다고 확언할 수는 없다."

"그렇군요."

"하지만 이것은 안다. 전승을 하려면 가르침을 주는 사람과 배우는 사람이 호흡을 맞춰 나가야 한다는 사실이지."

무공에 녹아들어 있는 무리를 정확하게 익히고, 몸으로 수련하여 익히고, 꾸준하게 끈기를 가지고 노력하는 것이 바로 정석적인 공부이다.

하지만 강호인들은 빠른 성취를 위해 조급하게 수련하느라 기초적인 무리 공부에 소홀한 경우가 많았다.

무공에서 학문적인 공부를 하는 건 시간 낭비로 생각하기 쉬운데, 그것은 정말 오산이다.

삼류와 이류, 일류 등의 단계가 낮은 경지에서는 가르치는 내용만 줄기차게 따라가면 된다. 그렇게만 해도 끈기를 가지고 노력하면 일류까지 올라설 수 있다.

하지만 일류를 뛰어넘어 절정에 도달하기 위해서는 익히고 있는 무공에 대해서 자신만의 방식으로 인지를 해야 가능하다.

"신화경의 경지를 알고 있나?"

"정이 기로 화하고, 기가 신으로 화하고, 신이 허로 화하는 삼화취정의 단계가 신화경의 시작입니다. 운기조식을 할 때 머리 위에 세 개의 꽃봉오리와 같은 환영이 피어나면 신화경에 올랐다고 볼 수 있지요. 그리고 삼화취정의 단계를 뛰어넘으면 오기조원으로 갈 수도 있습니다. 삼화취정에서 오기조원까지가 신화경입니다."

"잘 설명했다. 지금 네가 풀어 놓은 신화경의 경지를 짧게 화경이라고도 하지."

화경은 삼화취정, 오기조원의 경지를 뜻한다.

화경에 도달하면 육체는 환골탈태를 하여 무공을 펼치기에 최적의 상태를 만든다.

화경의 경지에 이른 고수들은 눈빛과 기세만으로도 사람을 죽일 수 있다.

화경 위에는 현경의 경지가 있다.

현경은 등봉조극의 단계를 뜻한다.

현경은 삼화취정과 오기조원의 경지를 뛰어넘는 경지이다. 일반적으로 강호인들이 도달할 수 있는 최고의 경지라고 알려져 있다.

현경에 이르게 되면 무공을 익힌 흔적이 겉으로 전혀 드러나지 않는다. 선비나 어린아이처럼 힘을 쓰지 못하는 것처럼 보인다.

화경과 현경은 주로 정파에서 사용하는 말이다.

사마외도에서는 화경이라는 말 대신 극마경이라는 표현을 쓴다.

극마도 똑같이 삼화취정, 오기조원의 경지이다.

극마는 마를 극한 경지까지 이끌었다는 표현인데, 극마의 경지에 이른 무인도 환골탈태를 이룬다. 극마의 무인이 뿜어내는 마기는 화경의 고수들보다 파괴적인 면에서는 더욱 우월하다.

마기를 극한까지 끌어올린 극마의 마인들은 자연스럽게 패도적인 기세를 뿌린다. 그리고 그 패도적인 기세가 지독한 위엄이 되어서 사방을 짓누른다.

극마 위에는 마의 경지를 초월한 초마가 있다.

등봉조극의 초마경의 경지에 도달하면 밖으로 내뿜던 마기를 완전히 갈무리할 수 있게 된다. 절제하지 못하던 마기를 스스로의 의지 아래 놓게 되는 것이다.

초마의 마인은 겉으로 볼 때 무척이나 평범해 보인다.

"화경에 도달하게 되면 육체적인 수련 방법은 더 이상 큰 도움이 되지 않는다. 사색과 명상, 그리고 깨달음을 찾아야지만 현경으로 올라설 수 있다."

"그렇군요."

"화경의 고수들은 육체적인 비무도 좋아하지만 논검비

무도 자주 벌인다고 들었다. 논검비무는 질문과 토론이 주축이니, 논검비무를 하는 와중에 사색과 명상을 여유롭게 할 수 있지."

"열띤 의견 교환을 통해서 이득을 찾는 것이군요. 논검비무가 참으로 학사들의 토론과 비슷합니다."

이한열은 무척 흥미로웠다.

몸을 열심히 굴려서 땀 흘리는 수련법은 아직까지 그에게 어색했다. 그것은 책상에 앉아 책을 바라보면서 붓을 들던 습관이 아직 완전히 빠지지 않았기 때문이다.

진사인 그에게는 머리로 사색하고 입을 열어 승부하는 논검비무가 더 흥미롭고 잘 맞았다.

"그대가 기초 학습을 떼고 심화 학습에 도달하면 논검비무를 벌이세. 무리와 이치로 대결하는 무학사들의 논검비무에서 배우는 바가 적지 않을 거야. 그렇게 배우고 익히고 새롭게 알아 가는 것이 바로 무학사들의 전승이라네."

무학사들의 논검비무는 강호인들의 논검비무보다 훨씬 더 체계적이었다. 무리와 이치로 완벽하게 상대의 초식을 견뎌 낼 수 있어야 했다. 그걸 말로써 상대에게 납득시켜야만 막아 냈다고 인정을 받는다.

머릿속에 알고 있는 무리를 다른 사람에게 알려 주기 위해서는 먼저 자신이 정확하게 인지해야 한다. 단지 머릿속에 지식을 담고 있다고 해서 지혜가 되는 건 아니었다.

무학사들은 무학사들의 방식으로 성장해 나갔다.

"대단하군요."

무학사의 논검비무 방식이 무척이나 이한열을 흥분시켰다.

"후후후! 강호인들에게만 전승이 있는 것은 아니지."

전재일이 웃음을 터트렸다.

그도 강호에 있을 때 무학사들과 논검비무를 벌였다. 이기고 지면서 자연스럽게 많은 걸 배우고, 기존에 알고 있던 것도 새롭게 깨달았다. 무학사들의 교류 방식인 논검비무에서 큰 효과를 본 것이다.

"진사인 그대라면 논검비무에서 탁월한 전적을 올릴 수 있을 것이야."

전재일이 말했다.

"과찬의 말씀이십니다."

"허언이 아니네. 무학사들의 논검비무는 누가 더 많은 무공과 무리를 알고 있고, 또 얼마나 심층적으로 파헤쳤느냐에 따라 승패가 갈리지. 과거에 급제한 자네의 명석한 두뇌라면 무공에 담긴 무리 하나하나마다 심층적으로 파고들 수 있다네. 자연스럽게 논검비무에서 다른 무학사보다 우월함을 과시할 수 있을 것이야."

학사로서 공부했던 버릇이 무학사의 논검비무 승패에서 큰 몫을 한다.

한때 과거를 공부했던 전재일이기에 그런 사실을 누구보다 잘 알았다.

"자네라면 무공 서적의 내용들을 모두 외우는 것이 가능하겠지?"

"가능합니다."

이한열이 고개를 끄덕였다.

과거를 보기 위해서는 족히 다섯 수레 이상의 책을 읽어야만 한다. 수많은 책의 글귀들을 외워서 내 것으로 만들고, 그것을 응용해서 새로운 글을 만들어 낼 수 있어야만 했다.

이한열은 사서오경을 비롯한 엄청난 양의 글귀들을 암기하고 있었고, 그것들을 다양한 방식으로 표현할 수 있었다.

"과거에 급제한 자네의 공부 방식은 무학사의 수업 방식을 이해하는 데 있어 가장 적합하네. 나는 자네가 어디까지 갈 것인지 무척이나 궁금하다네."

第六章
패악

　금속활자를 다루기 위해 한쪽에 대장간과 화로가 있다
보니 주자소 실내의 열기가 뜨거웠다. 창문을 활짝 열어 놓
고 문까지 열어 두었지만 열기를 견디기가 힘들어져 갔다.

　초봄이 지나면서 점점 기온도 뜨거워져 갔다.

　초봄이 지난 주자소에서의 뜨거운 생활은 관리들이 견디
기 무척이나 힘들었다.

　화르르! 화르르!

　철과 납 등의 금속을 녹이기 위한 화로에서 연신 뜨거운
열기가 뿜어졌다. 땀으로 범벅이 된 금속활자 장인들은 흠
뻑 젖어 있었다.

근래 갑자기 밀려든 일로 인해 주자소 화로에서는 불이 꺼지지 않았다. 땀을 뻘뻘 흘리고 있는 기술자들이 잠시도 쉬지 않고 분주하게 움직였다.

"시원한 물이라도 먹으면서 하시오."

이한열이 항아리를 들고 주자소 안으로 들어서면서 말했다.

물이 가득 든 항아리의 무게는 결코 가볍지 않았다.

하지만 항아리를 가슴 높이로 들어 올린 채 이한열은 가뿐하게 걸었다.

"아이쿠! 오늘도 물을 가지고 오셨군요."

"부정자 관리께서 우물에서 직접 길어 가지고 와주시니 저희들이야 참으로 황공할 뿐이죠."

땀 흘리면서 일하고 있던 야장들이 이한열을 반겼다.

"하하하! 별거 아니오. 그저 내가 먹을 물을 가지러 갔다 항아리를 채워 왔을 뿐이오. 그러니까 부담스러워하지 마시오."

이한열이 무거운 항아리를 들고 나르는 것은 고생하는 야장들을 위한 배려인 동시에 육체 수련이었다. 무거운 걸 들면서 점차 몸에 근육을 만들어 나갔다.

연금종주에 있는 파랑수련법이었다.

파랑수련법은 항아리에 담긴 물을 이용한 육체적인 단련

이었다. 파랑수련법이 극한에 이르면 항아리에 물을 가득 채운 상태에서 엄청난 속도로 움직이면서도 물 한 방울 흘리지 않게 된다.

형태가 없는 물은 참으로 다양한 변화를 일으킨다.

종잡을 수 없이 움직이는 물의 기운을 다스릴 수 있으면 육체를 의지 아래 두는 건 어렵지 않았다.

찰랑! 찰랑!

이한열이 물이 가득 담긴 항아리를 바닥에 내려놓았다.

주르륵! 주르륵!

바닥에 닿을 때의 충격으로 인해 항아리의 주둥이를 타고 물이 흘러내렸다.

'충격을 줄이지 못했구나. 음과 양의 기운으로 충격을 조율했어야 하는데⋯⋯.'

이한열은 방금 행동에서 잘못된 점을 인지했다.

파랑수련법을 행하면서 여러 잘못을 인지하고 있지만 고쳐서 몸에 녹여 내는 것이 결코 녹록지 않았다.

파랑수련법에서의 물은 우주 삼라만상의 변화를 의미한다. 다시 말해 파랑은 우주 삼라만상의 변화를 수련하는 법이라고 할 수 있었다.

인체는 소우주이다.

소우주에서 음과 양은 기본적인 양대 기운이다.

음과 양의 기운을 이용하여 물의 변화를 지배할 수 있으면 소우주를 마음대로 이끌 수 있다.

파랑수련법은 지고한 이치를 담고 있는 수련법이었다.

연금종주에서 파랑수련법을 중요하게 여기고 있지만 그것에 대해 자세하고 친절하게 설명해 주지는 않고 있다. 그저 이런 수련법이 있다고 알려 주고 있을 뿐이다.

그렇기에 연금종주의 파랑수련법을 두고 일각에서는 허무맹랑한 내용이라고 손가락질했다.

파랑수련법을 본 이한열도 처음에는 심한 허풍이 섞인 내용이라고 여겼다. 하지만 이미 연금종주 수련에 빠져들었기에 앞만 보고 달릴 수밖에 없었다.

그는 허무맹랑한 파랑수련법을 익히기 위해 수많은 서적들을 살펴보았다. 그리고 진씨태극도라는 경서에서 파랑수련법의 요체를 일부 찾아냈다.

　무극이란 아무것도 없는 것이다. 태초 이전으로 혼돈스럽고 혼돈스러워 이른바 대혼돈이라는 것이 바로 이때를 가리킨다.

　비록 대혼돈 후에 음양이 아직은 나누어지지 않았으나 나누어질 기미는 이미 보였다. 일단 나누어지면 맑은 기운은 상승하여 하늘이 되고, 탁한 기운은 하강하여 땅이 된다.

　다만 이때는 청기는 아직 상승하지 않았고 탁기는 아직 하강하지 않았을 따름이다. 그러므로 이것을 일러 태극이라고 했다.

추욱!

이한열이 팔을 약간 든 상태에서 축 늘어뜨렸다.

이것은 물 항아리를 내려놓을 때 음양개합과 소식영허의 형태를 구체적인 몸의 상태로 나타낸 것이다.

'파랑수련법을 대성하기 위해서는 육체의 음양의 열고 닫는 이치에 따라 몸을 펼쳐서 열고 오므려서 닫는 음영개합을 완벽하게 할 수 있어야 한다. 그리고 줄어들고 늘어나고 차고 비는 이치에 따라 몸에 힘을 주거나 빼는 소식영허를 절대적으로 익혀야 해.'

음양개합과 소식영허는 무공총론에서 그가 본 심오한 무학 용어였다. 거기서 배운 용어를 연금종주 수련에서 빠르게 이용하고 있었다.

"후우! 후! 후우!"

이한열이 단정하게 서서 삼식 호흡을 하며 숨을 골랐다.

양손을 내려뜨린 뒤 몸을 단정하게 하고 양발을 나란히 하고 있는 그가 연금종주의 구식 호흡법과 파랑수련법을 동시에 펼쳤다.

구식 호흡을 하고 있는 그의 마음이 개운해져 갔다.

마음속에 하나의 집착도 없고 한 가닥의 잡념도 없어 환하면서도 혼돈스러운 것이, 마치 대혼돈의 무극의 모습이었다.

파랑수련법은 대혼돈의 무극의 마음을 수련자에게 요구한다.

태극에서 말하는 무극이란 마음을 텅 비운 상태를 말한다.

'외문무공도 무척이나 심오하구나.'

이한열은 연금종주에 담긴 심오한 이치에 감탄했다.

사실 그가 진씨태극도 경서를 보고 익힌 이치와 무리는 연금종주의 파랑수련법의 내용과는 약간 달랐다. 연금종주에 담겨 있는 파랑수련법의 내용보다 진씨태극도의 내용이 더욱 상위에 위치했다.

상급의 진씨태극도가 파랑수련법을 감싸 안은 형국이었다.

이한열은 물 한 방울 흘리지 않고 물 항아리를 옮기기 위해 열심히 수행했다.

그는 허무맹랑하다고 평가받던 파랑수련법에서 물 한 방울 흘리지 않고 익힐 수 있는 가능성을 찾았다.

"물을 가득 담아서 오지 않아도 되는데 매일 고생이 많소이다."

야장 한 명이 말했다.

야장들이 볼 때, 이한열의 행동은 그들의 갈증을 해결해 주기 위한 고마운 것이었다.

"아니오. 어차피 떠오는 일, 많이 떠오는 것이 좋지요."

이한열이 웃으며 말했다.

그의 웃음이 무척이나 매력적이었다.

물을 가득 담은 항아리가 파랑수련법에 더욱 도움이 됐다.

야장들을 도우면서 수련을 할 수 있기에 이한열은 무척이나 마음에 들었다.

"오늘 하루도 열심히 땀 흘립시다."

이한열이 야장들에게 인사를 하고 관리들을 위한 방으로 걸음을 옮겼다.

"좋은 아침입니다."

"부정자님! 오셨습니까?"

"간밤에 잘 주무셨습니까?"

기술자들이 이한열을 보면서 인사해 왔다.

"좋은 아침이오."

"즐거운 아침이지요."

"덕분에 편안하게 잤다오."

이한열이 기술자들에게 모두 대꾸를 해줬다.

밝게 웃으며 힘차게 행동하는 그로 인해 주자소의 분위기가 밝아졌다.

슥!

그가 문을 열고 방으로 들어섰다.

실내에는 이미 채광석이 얼굴을 찡그린 채로 의자에 앉아 있었다. 매일 아침 이한열에게 복병으로 다가서는 채광석이었다.

"안녕하십니까?"

이한열이 인사했다.

하지만 인사를 간단하게 씹어 버린 채광석이 불쾌한 눈빛으로 이한열을 바라보았다.

"야!"

"저는 야가 아니라 이한열입니다."

"훗! 꼴에 자존심을 들먹이는 것이냐?"

채광석이 피식 웃으면서 비아냥거렸다.

주자소에서 십 년 넘게 머무른 채광석은 그저 마지못해 관리 생활을 이어 나갔다. 그는 자신의 관리 생활이 비참하다 못해 참담하다고 생각하며 심한 자괴감에 빠져 있었다.

그가 작금의 현실에 절망하면서 스스로를 자책했다.

"대체 왜 매일 웃는 것이냐? 주자소 관리 생활은 암울하기 그지없는데 무슨 힘으로 활기차게 생활하는 거지? 너도 나처럼 패배자일 뿐이야."

밝게 웃고 있는 이한열이 그는 무척이나 마음에 들지 않았다.

"저는 패배자가 아닙니다. 그리고 허무한 자괴감에 빠져서 시간을 허투루 보내고 싶은 마음은 더욱 없소이다."

이한열은 자괴감에 몸부림치고 있는 채광석과 다른 삶을 살았다.

전시에 합격하기 위해 기를 썼던 건 이런 삶을 위해서가 아니었다. 그렇기에 적극적으로 주자소에서 벗어날 방법을 모색하면서 땀을 흘렸다.

그리고 그것은 현재 진행형이었다.

"뭐라고?"

채광석이 심한 모멸감에 몸을 떨었다.

대찬 이한열의 말에 그의 얼굴이 휴지 조각처럼 일그러졌다.

지렁이도 밟으면 꿈틀거린다.

볼 때마다 시비를 거는 채광석의 행동에 이한열이 통렬하게 반박했다.

"찢어진 입이라고 함부로 지껄이는 것이냐?"

채광석이 심한 말을 내뱉었다.

"함부로 말을 하는 것이 정작 누구인지 모르는 것입니까?"

이한열이 지지 않고 이야기했다.

물러서지 않는 이한열의 말과 행동으로 인해 채광석은 마음이 더욱 부글부글 끓어올랐다.

"두고 보자. 결코 너를 가만히 두지 않겠다."

채광석이 이한열에게 강한 적의를 드러냈다.

"마음대로 하십시오."

이한열은 그런 채광석을 무시하고 자기 자리로 가서 앉았다. 자신의 소중한 시간을 채광석과 다투면서 보내고 싶지 않았다.

탁자 위에는 수많은 서적들이 쌓여 있었다.

그것들은 그가 황궁에 있는 관리들을 위한 서고에서 빌려 온 서적들이었다.

황궁에는 문관과 무관들이 있었고, 책들이 있는 서고는 통합으로 운영됐다. 때문에 문과에 급제를 한 진사들이 무관들이 주로 보는 서적들도 빌려 올 수 있었다. 반대로 무관들이 문관들을 위해 비치한 책을 보는 경우도 즐비했다.

책은 사람을 차별하지 않았다.

사람들이 보는 책을 차별할 뿐이다.

팔락! 팔락!

이한열이 집중하여 책을 읽어 나갔다.

시간이 느릿하게 흘러가면서 책에 적혀 있는 글귀들이 이한열의 눈에 가득 잡혔다.

그는 서고에서 연금종주를 익히는 데 도움이 되는 책들을 닥치는 대로 빌려 와서 읽었다.

새벽부터 등청하기 전까지 육체 수련을 하고, 등청하여서 주자소의 일을 하고, 퇴청을 하고 난 뒤에는 무학사 전재일에게서 수업을 듣는다. 그리고 자기 전까지 다시금 땀흘리면서 수련에 몰두했다.

그가 책을 읽을 수 있는 여유로운 시간은 주자소에서 일할 때뿐이었다.

일을 하는 틈틈이 시간이 날 때마다 그는 미친 듯이 책을 읽었다. 도움이 되는 책들은 닥치는 대로 읽었다. 책의 내용들은 무지한 그에게 새로운 가르침을 주었다.

집중하여 책을 읽고 있는 그를 표독스럽게 바라보고 있던 채광석이 가만히 두지 않았다.

"너! 일은 다 끝냈어? 책 읽으라고 위에서 너를 이곳에 배정한 것이 아니야."

"해야 할 일은 모두 해놓았습니다."

"일에 끝이 어디 있어? 할 일을 찾아서 움직이란 말이야."

채광석이 소리를 질렀다.

증오로 불타오르고 있는 채광석은 계속해서 이한열을 붙잡고 늘어졌다.

"해야 할 일을 부정자인 저에게 모두 떠넘긴 사람이 할 말은 아니라고 생각합니다."

이한열이 담담하게 이야기했다.

자괴감에 빠져서 허송세월하는 채광석은 정자로서의 일을 하지 않았다. 자신의 일을 모두 이한열에게 넘기고 옆에서 지시만 할 뿐이었다.

이한열의 일은 채광석이 떠넘긴 것까지 포함해서 두 배로 많았다.

"이런 버르장머리 없는 녀석! 어디서 함부로 떠드는 거냐? 상관이 시키면 당연히 해야지."

"앞으로 부당한 지시는 거부하겠습니다. 관리 복무규율에도 부당한 상관의 지시는 거부할 수 있다고 명시되어 있습니다. 당신의 일은 당신이 직접 처리하십시오."

이한열이 선언했다.

좋은 게 좋은 거라고, 그는 직속상관인 채광석과 좋은 관계를 유지하기를 원했다. 그렇기에 채광석의 일까지 함께 처리했다. 딱히 많은 일도 아니었기에 처리하는 데 많은 시간이 요구되지도 않았다.

하지만 채광석은 그가 설정해 놓은 한계를 뛰어넘었다.

그를 괴롭히기로 작정하고 나선 채광석을 이한열도 더 이상 곱게 바라보지 않았다.

직속상관만 권력을 발휘할 수 있는 건 아니다.

새롭게 들어선 신참 관리도 직속상관을 불편하게 만들 수 있었다.

말귀를 못 알아듣고 멍청한 짓거리를 하는 고문관 관리가 바로 밑으로 들어오면 윗사람이 무척 고생을 하기 마련이다.

뛰어난 사람이 고의적으로 윗사람을 괴롭힌다면?

이한열은 그렇게 할 수 있는 명석한 두뇌와 담력 등을 가지고 있었다.

상관이 그를 괴롭히는데, 부하는 왜 상관을 괴롭히지 못하는가!

'만만한 상대가 아니라는 사실을 보여 주마.'

무공을 수련하면서 이한열은 자신감을 가졌다.

그는 시키면 시키는 대로 하는 단순한 책벌레가 아니었다. 전략을 짤 수 있는 머리와 행동을 할 수 있는 힘을 갖춘 전천후 인재였다.

"빌어먹을 놈!"

욕설을 내뱉고 있는 채광석을 보면서 이한열은 마음이 가벼워졌다. 시끄럽게 떠들면서 욕한다는 것은 이미 지고 있다는 의미였다.

참지 못한 채광석이 벌떡 자리에서 일어났다.

와당탕!

거칠게 일어난 그로 인해 의자가 바닥에 거칠게 쓰러졌다.

"야, 이한열! 빨리 밖으로 따라 나와! 네가 어떻게 일을 처리했는지 살펴봐야겠다."

채광석이 문을 요란하게 열고 밖으로 나갔다.

씨근덕거리며 날뛰는 채광석을 따라 이한열도 움직였다.

"당신! 대체 일을 어떻게 하고 있는 거지? 허투루 하지 말고 똑바로 활자들을 만들란 말이야."

채광석이 한쪽에서 나무를 깎으며 활자를 만들고 있는 목장을 바라보면서 소리쳤다.

땀 흘리며 열심히 일하고 있던 목장의 눈이 동그래졌다. 부지런히 일하고 있다 마른하늘에 날벼락을 맞은 셈이었다.

"무슨 말씀이신지……."

"할 일이 엄청 많아! 그런데 세월아, 네월아 하면서 일을 하면 되겠어? 당신이 나태하게 일을 하기 때문에 주자소가

밖에서 욕을 먹는 거잖아."

평소 주자소의 일에 신경을 쓰지 않던 채광석이 밖으로 나와 나무라자 목장 기술자는 무척이나 황당했다.

하지만 정자인 채광석의 말에 기술자에 불과한 그가 반발할 수는 없는 노릇이었다.

"죄송합니다."

늙은 목장 기술자가 부들부들 떨면서 고개를 숙였다.

그는 나무를 깎던 조각칼을 손으로 꽉 쥐고 있었다. 얼마나 강하게 쥐고 있는 것인지, 힘줄이 툭툭 튀어나와 지렁이처럼 꿈틀거렸다.

"죄송한 줄 알면 열심히 일해!"

빽, 하고 소리 지르는 채광석을 보고 있던 이한열은 어이가 없었다.

'다른 사람들에게 불만을 풀어 버리고 있구나. 참으로 소갈딱지 없는 소인배다.'

이한열의 눈빛이 차가워졌다.

채광석이 안하무인으로 행동하며 요란하게 날뛰었다.

주자소에서 일하는 다른 사람들은 그의 안중에도 없었다.

'마음대로 해라.'

이한열은 날뛰는 채광석을 말리지 않았다. 옆에서 말린

다고 해서 들을 사람이 아니었다. 이한열이 말리면 그로 인해 더욱 발광을 할 것이 분명했다.

"이따위로 기술자들을 관리하면서 일을 다 끝마쳤다고? 대충 일할 거면 당장 벼슬아치 때려치워!"

채광석이 이한열에게 화살을 돌렸다.

"때려치우고 말고는 정자가 결정할 문제가 아니지요."

이한열이 채광석을 더욱 긁었다. 불난 집에 기름을 부어 버린 것이다.

"거기! 고개 숙이고 있는 빌어먹을 당신! 나무에 글자를 이따위로 만들면 되겠어? 글자를 아름답게 표현해야 한다고 귀에 딱지가 앉도록 이야기했잖아."

채광석이 다른 목공을 붙잡고 욕지거리까지 내뱉었다.

작정하고 소리치는 그로 인해 주자소의 분위기가 을씨년스럽게 변했다. 악귀처럼 날뛰고 있는 그 때문에 기술자들은 숨도 제대로 쉬지 못했다.

분주하던 주자소는 순식간에 찬물을 끼얹은 듯이 조용해졌다.

화르르! 화르르!

한쪽에서 화로의 불길만 뜨겁게 타올랐다.

"젠장! 일을 똑바로 해. 가르쳐 준 대로 하란 말이야. 알았어?"

채광석이 거침없이 말을 내뱉었다.

그의 거친 말이 듣는 사람들의 마음에 심한 상처를 남겼다.

"똑바로 하겠습니다. 죄송합니다."

지적받고 있던 목공의 눈에서 눈물이 뚝뚝 떨어졌다.

너무나도 큰 모멸감과 서러움을 느낀 목공이 울음을 토해 냈다.

"뭘 잘했다고 울고 난리야! 울 시간이 있으면 아름다운 목각활자를 만들어 내. 그렇게 하면 나에게 심한 소리를 듣지 않아도 되잖아."

채광석이 소리쳤다.

그는 아픈 마음의 사람을 더욱 처절하게 난도질했다.

그런 채광석을 주자소의 기술자들이 사나운 눈빛으로 바라보았다. 그들은 심하게 당하는 동료가 안쓰러웠다.

"뭐하는 거지! 구경났어? 나라에서 녹봉을 받으면 놀지 말고 제대로 일들을 하란 말이다."

채광석이 길길이 날뛰었다.

그의 말에 주자소의 기술자들이 다시금 일을 하기 시작했다.

금속활자를 주조하고, 목각활자를 깎는 과정이 펼쳐졌다. 하지만 방금 전까지의 활기찬 분위기는 더 이상 없었다.

기술자들은 마지못해 고통스럽게 일을 하고 있었다.

채광석의 패악은 계속 이어졌다.

기술자들을 심하게 몰아가면서 아프게 만들었고, 입 밖으로 나오는 험한 말이 주자소에 쩌렁쩌렁 울렸다.

"젠장! 대체 뭘 배운 거야? 어떤 놈이 너에게 이렇게 하라고 했어? 혹시 저기 있는 빌어먹을 부정자야? 이따위로 만든 물건은 당장에 폐기 처분해."

채광석이 기술자들을 다그치면서 옆에 있는 이한열까지 덩달아 싸잡아서 욕을 해댔다.

분명히 지시한 대로 물건을 만들었는데도 불구하고 채광석은 길길이 날뛰었다.

당하는 기술자들의 입장에서는 황당한 일이었다.

"안에 들어가 있겠다. 제대로 일을 하는지 하찮은 것들을 관리해."

미친 듯이 날뛰던 채광석이 지시하고는 바람 소리가 날 정도로 휑하니 돌아서 관리들을 위한 거처로 돌아갔다.

'상종하지 못할 인간이군.'

이한열은 멀어져 가는 채광석을 싸늘한 눈초리로 바라보았다.

그는 사람이 눈이 돌아 버리면 얼마나 패악을 부리는지

채광석을 통해 처음 알았다.

"나쁜 놈!"

"기분이 나쁘다고 해서 저렇게 패악을 부리다니……."

"씹어뱉을 녀석이다."

"윤 형! 괜찮아?"

기술자들이 채광석을 향해 모두 불평불만을 터트렸다.

당사자가 없는 곳에서 타인의 험담을 하는 것은 나쁜 일이지만 채광석은 당해도 쌌다. 이한열 역시 채광석에게 정나미가 뚝 떨어졌다.

미친놈처럼 날뛴 채광석 때문에 주자소 기술자들의 일이 잠시 중단됐다.

'정자가 앞으로 더 날뛸 텐데……. 어떻게 처리를 해야 하나?'

이한열은 고뇌에 빠졌다.

채광석이 기술자들의 일을 감독하라고 지시했지만 가만히 있었다. 그 역시 채광석의 문제로 머리가 아픈 탓이었다.

그에게는 분명 상관의 부당한 지시를 거부할 권리가 있지만, 그러면 상관이 은근하게 강짜를 부릴 수도 있었다. 아니면 지금처럼 사소한 일거리를 줘서 책을 읽지 못하게 방해하는 것도 가능했다.

관리들의 무덤이라고 말하는 주자소에서의 공부는 미래를 위한 일이다. 하지만 채광석의 방해로 인해 책을 볼 수 없는 상황에 처했다.

'방법을 모색해야 해.'

이한열이 여러 방법들을 뇌리에 떠올렸다.

하지만 어느 방법도 시원하게 문제를 해결해 줄 것 같지 않았다.

그가 머리를 싸매다시피 궁리를 거듭하고 있는데, 목장 한 명이 조심스럽게 가까이 왔다.

"부정자님, 잠깐 밖으로 나가 이야기를 해도 괜찮을까요?"

목장은 주자소에서 가장 나이가 많고 기술이 좋은 천대복이었다. 천대복은 목장들을 이끌고 있는 수장으로, 성격이 무척이나 좋았다.

그런데 그런 천대복의 얼굴이 지금 딱딱하게 굳어 있었다.

"그러지요."

이한열이 천대복과 함께 주자소 밖으로 나왔다.

"부정자님! 정자를 저대로 두실 생각입니까?"

"천 목장! 무슨 말을 하는 것이오?"

"부정자께서 마음을 굳힌 것처럼 보입니다. 제게 정자를 치울 수 있는 수단이 있습니다."

천대복이 이한열을 똑바로 응시하며 말했다.

사실 채광석의 패악은 하루 이틀의 일이 아니었다. 채광석은 뭔가 틀어지는 일이 있으면 주자소의 사람들을 마른 수건처럼 꽉꽉 쥐어짜고는 했다. 집에서 싸웠거나 개인적인 일이 안 풀릴 때마다 채광석으로 인해 주자소의 분위기가 으스스해졌다.

사람 좋은 천대복이지만 계속 이어지는 채광석의 패악으로 인해 오래전부터 날카로운 반격의 수단을 준비해 왔다.

"그런 마음이 밖으로 보였나 보군요."

이한열은 담담하게 말했지만 사실 속이 뜨끔했다. 감정을 너무 쉽게 노출했다는 점을 반성하였다.

"이심전심인 것이지요."

천대복이 씁쓸하게 웃으며 말했다.

삶의 연륜의 무게는 결코 가볍지 않았다. 나무를 깎아 예술품을 만드는 그의 감성은 예민했고, 채광석을 향해 드러난 이한열의 적의를 쉽게 알아차렸다.

"확실한 수단이 있으시오?"

"채광석 정자의 비리에 대해서 적어 놓은 서적이 있습니다."

"오! 그것이라면 그를 확실하게 보낼 수 있겠소. 비리를 적어 놓은 서적이 어디에 있소?"

이한열이 말했다.

사람이 사람을 핍박하면 그 업이 언제인가 고스란히 돌아오는 법이다. 지렁이라고 밟아 대던 기술자 천대복이 채광석을 향해 꿈틀거렸다.

천대복은 오랜 시간 채광석의 비리 내용을 은밀하게 알아내어 기록했다.

채광석의 악업으로 인해 이한열에게 절묘한 방법이 생겨났다. 비리 내용을 적은 서적은 채광석을 처리할 수 있는 전가의 보도였다.

"제가 가지고 오겠습니다."

천대복이 단숨에 주자소 안으로 뛰어 들어가서 은밀한 공간에 숨겨 뒀던 비리 서적을 가지고 왔다.

두근! 두근!

비리 서적을 손에 들고 있는 이한열의 심장이 요란하게 뛰었다.

第七章
금의위 천태웅

채광석이 패악을 부린 삼 일 뒤, 금의위의 위사가 찾아왔
다.

"채광석 정자가 당신이오?"

"예! 접니다. 무슨 용무인가요?"

"조사할 게 있으니 함께 갑시다."

"무슨 일인데요?"

"가보면 알게 돼."

채광석의 안색이 창백해졌다.

그는 직감적으로 일이 잘못됐다는 사실을 느꼈다.

죄인 체포와 심문 등을 담당하고 있는 금의위 위사가 지

금 그를 형부의 법률 절차를 밟지 않고 끌고 가서 조사하겠다는 말이었다.

하지만 정자인 그가 금의위 위사의 말을 거역할 수는 없는 노릇이었다.

'아뿔싸! 주자소의 어떤 놈이 나를 금의위에 찔렀구나.'

채광석이 주자소의 사람들을 날카로운 시선으로 훑었다.

패악을 부리며 날뛴 것이 화근이었다.

눈에 보이는 모든 사람들이 의심스러웠다.

"억울합니다. 저는 아무런 죄가 없습니다."

"그것은 가서 조사해 보면 알아."

금의위 위사가 채광석을 데리고 조옥으로 향했다.

햇볕 하나 들어오지 않는 금의위의 조옥에 연행된 채광석은 잔뜩 겁먹은 표정으로 서 있었다. 금의위 조옥에서는 높은 벼슬아치들도 힘을 쓰지 못했다. 하물며 찬밥인 정자 채광석은 고개를 숙일 수밖에 없었다.

"여기는 너같이 나라 살림을 좀먹는 도둑놈을 전문적으로 조사하는 곳이야. 거기 앉아!"

금의위 위사 천태웅이 처음부터 눈을 부라리며 겁을 주었다.

슥!

채광석이 딱딱한 의자에 앉자 천태웅의 심문이 본격적으

로 시작됐다.

"얼마나 해먹었어?"

"청렴하게 관리직을 수행했습니다."

"하아! 대놓고 새빨간 거짓말을 하네. 참으로 악질이
군."

먹물을 붓에 듬뿍 묻힌 천태웅이 작성할 조서에 채광석
의 말을 그대로 기재했다. 그리고 그가 조사에 협조적이지
않다는 말을 첨부하였다.

조서에 적히는 검은 글씨를 보는 채광석의 얼굴이 새까
맣게 타들어 갔다.

두근! 두근!

불안감에 그의 심장이 요란하게 뛰었다.

"제가 무슨 짓을 했다는 것입니까?"

"무슨 짓을 했는지 몰라서 물어보는 거야?"

천태웅이 눈을 부라리며 소리쳤다.

"저는 결백합니다."

"하아! 증거를 눈앞에 들이밀어야 자백을 할 놈이군."

"무슨 증거가 있다는 겁니까? 어떤 소리를 들었는지 몰
라도 저를 음해하려는 모함입니다."

채광석이 결연하게 소리쳤다.

"음해? 이걸 보고도 음해라고 할 수 있는지 보자."

천태웅이 얇은 서적 하나를 꺼내어서 탁자 위에 떡하니 올려놓았다.

"철과 목재를 빼돌린 날짜와 수량이 여기 서적에 자세하게 기재되어 있어. 당신과 거래를 한 상인들의 이름도 있어. 철을 팔아먹은 대장간이 강철대장간이지? 목재를 팔아먹은 곳의 목재상 이름은 고노찬이네! 아이고! 결백하다고 하더니 참으로 많이도 착복했어."

천태웅이 서적을 넘기면서 안에 있는 내용들을 하나둘씩 이야기했다.

"헉!"

채광석의 입에서 기겁하는 신음 소리가 새어 나왔다.

주자소에서 정자로 일하면서 그는 몰래 철과 목재를 빼돌려 팔아 치웠다.

정자는 주자소에 필요한 철과 목재 등의 수량을 주문하고, 그걸 받아서 확인한다. 그런 거래 와중에 채광석이 야료를 부린 것이다.

오랜 세월 펼쳐 온 그의 야료가 완전히 드러났다.

"잘못했습니다. 제발 한 번만 봐주십시오."

의자에 앉아 있던 채광석이 빠르게 땅바닥에 무릎을 꿇었다. 그리고 천태웅의 다리를 붙잡으면서 애걸했다.

그런 모습을 본 천태웅이 싱긋 웃었다.

"잘못을 했다면 반성해야지. 좋게 해결을 보자고. 앞날이 창창한 사람을 감옥에서 평생 썩게 하고 싶지는 않아."

"어떻게 하면 되는 것입니까?"

"땅바닥에 무릎 꿇고 있지 말고 의자에 앉아. 차나 한잔하면서 천천히 이야기를 나누자고."

쪼르륵!

조옥에서 조사를 받던 채광석이 느닷없이 차를 대접받았다.

푸른 찻물이 담겨 있는 찻잔을 보면서도 채광석은 선뜻 손을 내밀지 못했다. 비리가 발각된 지금, 여유롭게 차를 마시고 있을 형편이 아니었다.

"제발 봐주십시오. 쥐꼬리만 한 녹봉을 받아 처자식 먹여 살리기가 힘들어서 그랬습니다."

"알아! 박봉에 힘든 건 모두가 마찬가지이지. 물가가 높은 북경에서 생활하려면 돈이 너무 많이 필요해."

천태웅이 채광석의 말에 고개를 끄덕였다.

부정부패가 만연해 있었다.

많은 관리들이 촌지와 선물을 받았고, 뇌물을 바친 사람들의 편의를 봐줬다. 그런 부정부패를 척결하고 적절한 경고를 하는 것이 바로 금의위의 역할 가운데 하나였다.

"그렇습니다. 나쁜 짓이라는 걸 알면서도 저도 살기 위해서 어쩔 수 없이 비리를 저질렀습니다. 제발 선처를 해주십시오."

채광석이 필사적으로 변명했다.

"내가 그렇게 꽉 막힌 사람이 아니야. 하지만 아무렇게나 선처를 해줄 수는 없는 노릇이지. 원래대로라면 비리로 착복한 금액에다 가중을 해서 당신의 재산을 몰수해야 해. 몰수한 재산은 나라의 국고로 충당되는 것이지. 그런 사실은 잘 알고 있지?"

"알고 있습니다."

"국고로 들어가면 뭐하겠나? 그럴 바에는 당신도 좋고 나도 좋은 방법으로 해결을 보자고."

"제가 어떻게 하면 됩니까?"

"당신이 축적한 재산에서 내가 흡족할 수 있을 만큼 내놓게."

천태웅이 속내를 드러냈다.

부패를 척결해야 할 그는 부패한 금의위였다.

탐관오리를 조사하여 처벌할 수 있는 그가 오히려 부패해서 돈을 끌어들였다.

"얼마나 드리면 되는 것인지요?"

"북경에 괜찮은 집을 가지고 있더군. 집 가격이 꽤 나가지? 무주택자인 나는 무척이나 부러워. 나도 빨리 돈을 모아서 좋은 집을 장만해야 하는데 말이야."

천태웅은 이미 채광석의 재산 상태를 조사했다. 그렇기에 채광석의 가장 큰 재산이 집이라는 사실을 잘 알았다.

"집은 안 됩니다. 처자식과 노모를 모시고 살아가는 공간입니다. 제가 전장에 가지고 있는 돈을 모두 드리겠습니다. 그것으로 봐주십시오."

채광석이 재빨리 빌었다.

그가 관리로 지내면서 받은 녹봉과 비리로 모은 돈을 탈탈 털어서 삼 년 전에 장만한 집이었다. 관리에서 은퇴한 차후에 좋은 집에서 편안하게 노후를 보낼 생각이었다.

집은 그가 어떻게든 지켜야만 하는 자산이었다.

"몰수되고 싶어? 조금이라도 건지는 것이 나을 텐데. 안 그래?"

"정말 곤란합니다. 집을 팔면 저는 어떻게 합니까?"

"월세로 살면 돼. 요즘 집을 사지 않고 빌리는 것이 유행이라고 하더라고. 그러니까 집을 팔고 편안하게 생활해."

"집을 팔면 노모가 충격에 쓰러지실 수도 있습니다."

"자식이 감옥에 들어가는 것보다는 덜 충격받으실 거야. 네가 감옥에 들어가면 집은 자동적으로 팔려서 이중으로 충격받으시겠지."

"크흑!"

채광석의 입에서 신음이 흘러나왔다.

"전장에 있는 돈은 그대가 사용하고, 집 판 돈을 주면 돼. 이 정도 돈이 있어야지만 너를 빼줄 수 있어. 내가 돈을 혼자 먹는 줄 알아? 윗사람들과 동기들에게 기름칠을 해야 해. 혼자 독식하게 되면 탈이 나게 마련이거든."

"제발……."

"자꾸 구질구질하게 굴지 마. 비협조적으로 나오면 법대로 처리할 수밖에 없어."

천태웅이 얼굴을 구기면서 서늘하게 말했다.

법대로 처리한다면 채광석의 앞날은 감옥에서의 삶이었다.

"크흐윽! 집을 팔겠습니다."

채광석이 절망적인 신음을 토하며 말했다.

눈 뜬 상태로 코를 베인 채광석의 마음은 참으로 참담했다. 안락한 노후 생활을 보장해 줄 것이라고 믿었던 집이 한순간에 날아가 버렸다.

저벅! 저벅!

이한열이 걸음을 재촉해 화정원의 별실로 들어갔다.

화정원은 북경에서도 아름다운 기녀들이 많기로 유명한 곳이었다. 벼슬아치들과 부유한 상인, 사대부 등의 돈 많고 지체 높은 사람들이 자주 찾았다.

"어서 오게."

별실에서 술을 자작하고 있던 천태웅이 들어오는 이한열을 반갑게 맞아 주었다.

"제가 늦었습니다."

"내가 조금 빨리 왔다네. 앉게."

천태웅이 사람 좋게 웃으면서 말했다.

"상세한 자료를 준 자네 덕분에 아주 좋게 일 처리를 할수 있었네."

"관리로서 부정부패를 신고한 것입니다."

이한열이 말했다.

채광석의 패악이 벌어진 다음 날, 그가 채광석의 비리가 적힌 서적을 천태웅에게 넘겼다.

하루의 시간 동안 이한열은 채광석의 비리에 대한 내용을 더욱 꼼꼼하게 다듬었다. 그러면서 결코 채광석이 빠져나갈 수 없는 올가미를 만들었다.

천대복에게 받은 비리 장부를 새롭게 만든 것이다.

그 안에는 채광석의 비리 내용이 상세하고 보기 좋게 정리되어 있었다.

이한열의 투서로 천태웅이 한몫 건질 기회를 잡은 것이었다.

"한 잔 받게."

"감사합니다."

술을 받은 이한열이 단숨에 마셨다.

목을 타고 흘러가는 술맛이 무척이나 개운했다.

"오늘 채광석이 집 판 돈을 가지고 왔다네."

"그렇군요."

이한열도 이미 들어서 알고 있었다.

창백한 얼굴로 주자소에 나오는 채광석은 사람의 몰골이 아니었다. 집을 팔았다고 눈물을 찔찔 짜면서 안타까워하고 있었다.

채광석은 이한열의 투서로 인해 금의위에 조사를 받고 쫄딱 망했다는 사실을 알지 못했다.

"정자가 아직 관직에서 물러나지 않고 있더군요."

이한열이 말했다.

그는 이번 기회에 채광석을 더 이상 보지 않기를 원하고 있었다. 정나미가 떨어진 채광석과 함께 일한다는 사실 자체가 고역이었다.

"걱정하지 말게. 잠시 시간을 달라고 해서 주고 있는 것 뿐일세."

"자발적으로 나가지 않으면 어떻게 되는 것인지요?"

"그렇게 될 경우, 비리가 적힌 서적이 다른 금의위 손에 들어가게 되겠지. 조만간 관직에서 물러나지 않으면 친한 동료에게 말해서 강제로 나가도록 하겠네."

천태웅은 이한열과 대화를 하면서 그를 존중해 줬다.

투서를 받은 이후 그는 이한열에 대해서도 알아봤다. 부정자로 부임한 후 그가 벌인 일에 대해 절로 고개가 숙여졌다. 땀 흘리면서 일하고, 수련하고, 배우는 이한열이 참으로 훌륭했다.

그는 이한열이 성공할 가능성이 높다고 여겼다.

'눈엣가시인 상관을 은밀하게 처리하는 솜씨도 훌륭해.'

천태웅은 감탄했다.

이한열은 금의위인 천태웅의 손을 빌려 앙앙불락한 상대인 채광석을 제거해 버렸다. 미리부터 준비한 자료로 전광석화처럼 처리를 한 것이다.

인자하고 자비심이 많은 사람보다 독심을 가지고 있는 장부가 조정에서 크게 될 가능성이 높았다.

슥!

천태웅이 탁자 위에 두둑한 전낭을 올려놓았다.

쩔렁!

탁자에 놓인 전낭에서 돈이 부딪치는 소리가 묵직하게 울렸다.

"무엇입니까?"

"자네로 인해 돈을 벌었으니 어찌 그냥 넘어가겠는가? 적당히 넣었다네."

"이러지 않으셔도 됩니다."

"사례라고 생각하며 받으시게."

천태웅이 전낭을 이한열의 앞으로 더욱 밀었다.

한 번 사절을 했던 이한열이 천태웅을 바라보았다.

사람 좋게 웃고 있는 천태웅을 보면서 이한열도 마주 웃었다.

"감사히 받겠습니다."

이한열이 전낭을 품에 넣었다.

묵직한 전낭의 감촉이 무척이나 좋았다.

북경에서는 돈이 있어야 사람다운 행세를 할 수 있는 법이었다.

진사 동기들을 만날 때도 돈이 필요했고, 배움을 청할 때도 수업료로 돈이 나갔다. 북경에서 무엇을 하려고 하면 필연적으로 돈이 지출됐다.

북경은 대륙에서 물가가 가장 비싼 곳이었다.

"내가 쏠 테니 옆에 여자들을 끼고 술이나 마시세. 설마 여자들을 싫어하는 건 아니겠지?"

"싫어하다니요? 무척 좋아합니다."

"하하하! 풍류를 아는 학사로군. 이곳의 기녀들은 무척이나 아름답다네. 금기서화에도 훌륭한 솜씨를 지니고 있지."

"화정원의 기녀들 솜씨가 대단하다는 풍문은 익히 들었습니다."

이한열이 말했다.

진사 동기들과 차를 마시면서 대화를 나누기 위해 화정원에 방문한 적이 있었다. 하지만 여자들을 옆에 끼고 술을 마시지는 않았다.

박봉의 이한열이 화정원의 아름다운 여인들을 만나기란 어려웠다.

지금의 의미 깊은 자리는 모두 채광석 덕이었다.

채광석이 오랜 세월 모은 돈으로 천태웅과 이한열은 화정원에서 여인들의 시중을 받으며 술을 마실 수 있게 됐다.

"앞으로도 친하게 지내 보세. 알고 보면 나도 좋은 사람이라네."

"영광입니다."

이한열이 고개를 숙이면서 말했다.

"하하하! 오히려 내가 영광이네."

천태웅이 호탕하게 웃었다.

그는 이번 일 이후로도 계속해서 진사인 이한열과 인연을 맺으려고 했다.

"이보게! 여기에 솜씨 좋고 예쁜 기녀들을 들여보내 주게."

천태웅이 밖을 향해 소리쳤다.

기녀들이 오기 전까지 그들은 술잔을 기울이면서 대화를 나눴다. 술을 마시면서 그들의 대화는 점점 활기를 띠었다.

＊　　　＊　　　＊

저벅! 저벅!

책을 옆구리에 낀 이한열이 방으로 들어섰다.

열려 있는 창문을 통해 시원한 바람이 불어오고 있었다.

이한열은 자신의 자리로 가서 앉았다.

그의 바로 정면, 채광석이 앉아 있던 의자에는 아무도 없었다.

늦은 출근일까?

아니었다.

어제부로 사직서를 제출한 채광석은 다시 돌아올 수 없는 곳으로 떠났다. 집을 팔고 월세방을 얻어 북경의 허름한 거주지로 옮겼고, 허무한 심정에 술을 마시면서 보냈다.

"편안하군."

이한열은 오랜만에 좀 살 것 같았다.

항상 떽떽거리거나 불쾌한 눈빛을 보내던 채광석이 사라지니 앓던 이가 빠진 기분이었다.

상쾌하고 개운한 느낌을 받자 절로 온몸에 활력이 돌았다.

이제 그는 마음껏 책을 볼 수 있었다.

채광석이 사직하면서 주자소를 실질적으로 책임지는 사람은 바로 이한열이 됐다.

직속상관이 사라지자 한마디로 활짝 핀 생활이 시작된 셈이었다.

이제 오랜 시간 책을 들여다본다고 해도 야단치는 사람도 없었고, 그에게 불쾌한 시선을 던지는 사람도 없었다.

"정자가 없어야 내가 더욱 편안하지."

이한열이 중얼거렸다.

사실 위에서는 채광석을 대신할 다른 관리를 찾아보려고 했다. 하지만 워낙 좋지 않은 자리였기에 모든 관리들이 정색했다. 심지어 종칠품의 관리를 정칠품인 정자직으로 영전해 준다고 해도 소식을 들은 사람들이 모두 고사했다.

그러던 차에 이한열이 자신이 정자의 일까지 함께 보겠다고 상신했다.

그의 상신을 들은 상관들은 고심했다.

정자의 일까지 함께 처리하면 부정자의 업무가 엄청나게

많아진다. 두 사람의 몫을 한 명이 말끔하게 한다는 건 어려웠다.

하지만 채광석이 있던 시기에도 정자의 일을 이한열이 모두 처리했다는 이야기를 듣고는 단번에 승낙했다.

사실 이한열은 엄청나게 많은 일을 했다.

관리 두 명의 몫을 깔끔하게 처리해 왔고, 그로 인한 말썽도 없었다.

주자소에서 꾀를 부리지 않고 열정적으로 일하는 이한열을 상관들은 대환영했다. 그래서 부정자지만 이한열이 정자의 업무까지 함께 처리하게 하기로 했다.

정자의 관리가 임명되기 전까지…….

모든 관리들이 격렬하게 사양하는 가운데 정자가 언제 임명될지는 아무도 모를 일이었다.

第八章
거래

드르르! 드르르!

수레바퀴가 움직였다.

천대복이 짐말을 이끌고 있었다.

천대복의 옆 좌석엔 이한열이 편안하게 앉아서 주변을 구경하고 있는 중이었다.

수레는 북경에서 목재를 취급하고 있는 목재 상점을 향해 굴러갔다.

'역시 북경에는 사람이 많아.'

시골에서 온 촌사람처럼 이한열의 눈이 분주하게 움직였다.

맞다!

그는 시골에서 왔기에 북경의 모든 것이 신기해 보였다.

하늘 높이 치솟은 건물들에 어디서 나왔는지 참으로 많은 사람들이 관도를 오갔다. 비단으로 화려하게 차려입은 사람들도 많았다.

'미녀들이 많구나.'

이한열의 눈이 커졌다.

평범하게 거리를 걷고 있는 여인들의 외모가 눈부셨다. 이한열의 고향으로 가면 곧바로 미인 소리를 들을 정도로 아름다웠다.

치장을 잘하고 한껏 꾸몄기 때문이기도 하지만 기본적으로 괜찮은 미모들을 지녔다.

사방의 좋은 구경거리를 바라보고 있는 이한열은 꼭 소풍이라도 나온 것처럼 보였다.

드르르! 드르르!

수레가 천천히 속도를 내고 있었다.

휘이잉! 휘이잉!

시원한 바람이 불어왔다.

머리카락을 날리고 있는 이한열은 아주 상쾌한 기분이었다.

"조금만 더 가면 목적지에 도착합니다."

천대복이 이한열을 힐끔 쳐다보면서 말했다.

그들은 지금 주자소에서 사용할 목재를 구입하기 위해 움직이고 있었다.

"천천히 가세요."

이한열은 불어오는 바람에 몸을 맡긴 채 주변의 좋은 구경거리를 마음껏 감상했다. 항상 열심히 땀 흘리다가 이처럼 한가한 시간을 보내자 그 느낌이 색달랐다.

"그런데 정말 예상외로군요."

천대복이 입을 열었다.

"무엇이 말입니까?"

때마침 머리카락을 살랑거리면서 지나가는 아름다운 여인을 바라보던 이한열이 고개도 돌리지 않고 이야기했다.

"저는 다른 목재상을 찾아갈 거라고 생각했습니다."

"아! 고노찬 목재상에게 목재를 사러 가는 것이 이해하기 어려운 겁니까?"

"그렇지요. 고노찬은 채광석 정자와 함께 비리를 저지른 사람입니다. 그런데도 그와 거래를 한다니 이상하게 생각할 수밖에요."

"고노찬에게서 지금까지 받은 목재가 마음에 들지 않았나요? 제가 알기론 북경에 있는 목재상 가운데 고노찬의 물건이 괜찮다고 들었습니다."

"고노찬 목재상의 눈썰미는 괜찮은 편이지요. 지금까지 좋은 목재들을 보내왔습니다."

"구관이 명관이라고 했습니다. 전임 상사와 비리를 저질렀지만 다시 한 번 기회를 줘보려고 합니다. 가서 이야기를 들어 봐야겠지요."

이한열이 웃으면서 말했다.

그는 목재 구입하는 상인을 바꿀까 고심했었다. 하지만 모종의 이유로 기존의 목재상과 이야기를 하는 편이 좋겠다고 마음을 먹었다. 그렇기에 목재를 구입하러 고노찬을 만나러 가는 중이었다.

이야기가 잘 풀리면 고노찬은 그에게 좋은 사람이 될 수 있었다.

'대체 무슨 생각을 하는 것이지?'

천대복은 이한열을 이해하지 못했다.

드드드! 드드드!

수레바퀴가 구르고 또 굴렀다.

고노찬이 운영하는 청림목기의 간판이 모습을 드러냈다. 청림목기의 넓은 야적장에는 다양한 나무의 목재들이 잔뜩 쌓여 있었다.

청림목기는 목재상과 목기 제작을 함께 하고 있었다.

산적한 나무도 많고, 일하는 사람도 많고, 건물도 많았다.

"어서 오십시오. 방문을 진심으로 환영합니다. 천 목장
님, 오랜만에 뵙습니다."

고노찬이 활짝 웃으면서 천대복과 이한열을 반겼다.

그는 이미 이한열이 온다는 전갈을 전해 듣고 약속 시각
에 맞춰서 일찌감치 문밖에 나와 대기하고 있었다.

그가 진심으로 이한열의 방문을 환영했다.

"흠! 오랜만이오."

천대복이 시큰둥하게 대답했다.

그는 채광석과 부정하게 엮인 고노찬이 마음이 들지 않
았다. 그렇기에 불쾌한 기분을 여실히 드러냈다. 될 수 있
으면 고노찬과 만나고 싶지 않았다.

"잘 지내셨지요? 앞으로 잘 부탁합니다."

고노찬이 툴툴거리는 천대복을 보면서 활짝 웃었다.

싫어하는 기색이 역력한 사람을 대하면서도 사람 좋아
보이는 웃음을 흘리는 그에게서 적지 않은 삶의 연륜이 느
껴졌다.

"안녕하시오. 부정자 이한열이라고 하오."

수레에서 내린 이한열이 자신을 담담하게 소개했다.

과하지도 않고 부족하지도 않은, 딱 알맞은 인사였다.

"그러시군요. 안으로 들어가시지요. 오신다는 이야기를

듣고 좋은 차를 준비하였습니다."

고노찬이 사람 좋게 웃으면서 그들을 안으로 이끌었다.

채광석에게 뇌물을 주고 거래를 한 사실로 인해 고노찬
도 천태웅에게 조사를 받았다. 청림목기의 상주 집무실에
서 천태웅에게 심문을 받으며 진땀을 흘려야만 했던 것이
다.

노회한 그는 사건을 무마해 주겠다는 천태웅의 요구에
많은 돈을 건네줘야만 했다.

천태웅은 채광석의 처리에 있어 대상을 채광석 한 명에
게만 국한시키지 않았다. 뇌물을 줬던 상인들을 차례차례
순회 방문하면서 돈을 챙겼다.

그렇게 챙긴 돈은 고스란히 그의 수중으로 들어갔다.

"앉으시지요."

고노찬이 응접실에서 가장 상석의 자리를 이한열에게 권
했다.

"고맙소."

이한열은 상석 자리를 마다하지 않았다.

진사인 그는 상인인 고노찬보다 높은 신분이었다.

스윽!

문이 열렸다.

아름다운 여인이 쟁반에 찻주전자와 찻잔 등을 가지고

들어왔다. 걸을 때마다 엉덩이까지 내려오는 그녀의 머리카락이 찰랑거렸다. 잘 뻗은 다리와 개미처럼 얇은 허리를 가진 여인에게서 좋은 향기가 났다.

슥!

그녀가 이한열 앞에 조심스럽게 찻잔을 내려놓았다.

가느다랗게 뻗은 그녀의 손가락이 무척이나 새하얗다.

"인사드려라. 이번에 과거에 급제해서 주자소 부정자 관리에 오르신 분이다."

"안녕하세요, 대인! 고정미예요. 앞으로 잘 부탁드려요."

고정미가 이채를 빛내면서 이한열에게 인사했다.

"이한열이라고 하오."

"손녀입니다. 제 업무를 도와주고 있습지요."

"재기가 총명한 여인이군요."

"이렇게 말하면 팔불출이라고 하실지도 모르겠지만 손녀가 있어서 제가 무척이나 편안합니다."

고정미가 이한열을 바라보며 잔잔하게 웃었다.

그녀의 눈매가 초승달처럼 그려지면서 고혹적인 매력을 뿜냈다.

"인사를 드렸으면 가보거라."

"다음에 뵙겠습니다, 대인!"

고정미가 고개를 숙여 인사한 뒤 가벼운 걸음걸이로 다시 나갔다.

그녀가 사라졌지만 실내에는 아직까지 그녀의 향기가 남아 있었다.

"천산에서 재배한 설록차입니다. 설록차는 물에 끓여서 먹지 않아도 되는 차입니다. 차갑게 해서 먹어야 진정한 맛이 나지요. 장복하면 건강에 아주 좋다고 알려졌습니다."

고노찬이 말했다.

설록차는 천산에서 재배되는데, 그 가격이 중원에서 왕중 왕으로 대접받는 용정차에 비해 결코 떨어지지 않았다.

몸에 좋은 효능이 있기 때문에 많은 사람들이 찾지만 재배되는 양이 적었다. 그렇기에 돈이 있고 아는 사람들만이 설록차를 찾는다.

고노찬 역시 이한열을 대접하기 위해 어렵게 설록차를 구했다.

사실 그는 주자소와의 거래가 끊어졌다고 생각했다.

주자소는 상당히 많은 목재들을 사용하는 곳이기에 그곳과의 거래는 청림목기에게 상당한 이득을 안겨 줬다. 많은 거래량뿐만 아니라 거래하는 금액도 나쁘지 않았다.

주자소와의 거래는 청림목기의 전체 거래량 가운데 이할에 육박한다. 하지만 그 이득금은 전체에서 삼 할이 약간

넘었다.

청림목기의 입장에서는 결코 놓치고 싶지 않은 주자소와의 거래였다.

그런 거래를 금의위에게 들켜서 잃어버렸다고 판단했는데, 주자소에서 거래를 직접 담당하게 될 이한열이 방문한다는 전갈을 받았다.

'용무가 없으면 방문할 이유가 없지.'

그는 이한열이 무슨 말을 할지 무척이나 기대됐다.

후르륵! 후르륵!

평소 차를 즐기지 않는 천대복이 단숨에 설록차를 마셔버렸다. 좋지 않은 감정을 여실하게 드러내는 태도였다.

"제 입맛에는 맞지 않네요. 저는 이런 차보다 독한 술이 좋습니다."

천대복이 이야기했다.

"하하하! 이야기가 끝나면 좋은 술자리로 모시겠소."

"좋은 술자리라? 마음이 편해야 좋은 술자리지, 마음이 불편하면 비싼 술도 껄끄러울 뿐이지요."

천대복은 여전히 까칠했다. 그는 고노찬에게 대접을 받을 생각이 눈곱만치도 없었다.

"좋은 차로군요."

이한열이 차의 향기를 코로 맡으면서 천천히 마셨다.

차가운 차의 맛과 함께 상쾌한 느낌이 머리에서 발끝까지 내달렸다.

이한열이 먹어 본 차 가운데 단연코 최고였다.

"대인의 입맛에는 다행히 설록차가 맞는 모양이군요. 돌아가실 때 구한 설록차를 드리겠습니다."

"감사히 받겠소."

이한열은 선물을 사양하지 않았다.

적당한 선물을 받는 건 벼슬아치들에게 결코 허물이 아니었다. 과도하지 않은 선물은 벼슬아치들의 재산 증식에 도움이 됐다.

'호의를 가지고 있구나. 다행이다.'

고노찬은 선물을 덥석 받아들이는 이한열을 보면서 속으로 좋아했다.

이한열은 말없이 설록차의 맛을 음미했다.

고노찬이 그런 이한열의 눈치를 유심히 살폈다.

"새롭게 부임한 사실을 알고 제가 먼저 찾아뵈었어야 하는데, 죄송할 따름입니다."

고노찬이 말했다.

그는 이한열의 방문 목적을 직접 묻지 않고 일상다반사의 이야기를 꺼냈다. 잠자코 있으면 알아서 이한열이 말할 거란 사실을 오래된 경험으로 잘 알았다.

상인을 찾아온 사람은 그 목적을 알아서 꺼내 놓는 법이었다.

"죄송하기는? 채광석을 챙기느라 새로 부임한 부정자님은 신경도 쓰지 않은 것이겠지."

천대복이 툭, 하고 한마디 내뱉었다.

"그런 점도 있기는 했지요."

그의 말에 고노찬이 깊은 한숨을 내쉬면서 부정하지 않았다.

채광석에게 뇌물을 줬기에 그 아랫사람인 이한열은 깔끔하게 무시했다.

그랬던 것이 지금에 와서 잘못된 결과로 이어졌다.

휘이잉! 휘이잉!

바람이 불었다.

바람에 따라 응접실 밖의 화단에 심어져 있는 화초들이 부드럽게 흔들렸다. 그 모습이 무척이나 한적하고 편안해 보였다.

"화사한 날이로군요."

찻잔을 내려놓으면서 이한열이 말했다.

"그렇지요. 좋은 날입니다."

고노찬이 재빨리 이한열의 말에 대답했다.

"거래를 할 수 있는지 이야기를 하러 왔습니다."

"주자소와의 거래는 언제나 대환영입니다."

고노찬이 환한 표정을 지었다.

그는 어떠한 거래도 할 준비가 되어 있었다.

기존에 납품하던 물건의 단가를 낮출 수도 있고, 단가를 그대로 유지하는 대신 더욱 상등품의 목재를 납품할 수도 있었다. 심지어 마진을 거의 남기지 않고 목재를 넘길 생각까지 했다.

"부정자님! 다시 한 번 생각을 해 보시는 것이 어떻습니까? 다른 목재상이나 상인을 찾아가도 좋은 거래를 할 수 있습니다. 대인께서 바쁘시다면 제가 직접 알아보겠습니다."

천대복이 그들의 대화에 끼어들었다.

그는 될 수 있으면 고노찬과 더 이상 거래를 하지 않기를 원했다.

"잠시만 기다려 주시오. 거래가 수월하지 않으면 그때 일어나도 늦지 않소."

이한열이 담담하게 이야기했다.

하지만 사실 이야기 중간에 끼어들어 방해한 천대복에게 약간의 질책을 담아 말한 것이었다.

"거래는 종전대로 하면 되오. 딱히 더하거나 뺄 필요 없소."

이한열이 말했다.

그가 볼 때, 전임 상사 채광석의 뒷돈 챙기기는 탁월했다.

채광석은 청림목기와 참으로 좋은 거래를 해왔다. 적당한 뒷돈을 챙기면서 항상 좋은 품질의 목재들을 납품받았다. 그렇기에 채광석의 비리가 오랜 시간 탈이 나지 않은 것이었다.

만약 많은 뒷돈을 받고 납품받는 목재의 질이 떨어졌다면 진작 들통이 났을 것이다.

"……."

침묵하고 있는 고노찬의 눈에 이채가 번뜩였다. 눈앞의 이한열이 대놓고 뒷돈을 요구하고 있었다.

그것도 둘만의 비밀이 아니라 주자소에서 일하는 기술자 천대복이 있는 자리에서 말이다.

노회한 그였지만 이런 경우는 처음이었다.

"어떻소? 생각이 있으시오?"

"거래를 계속하고자 하는 마음은 변함이 없습니다. 그런데 이처럼 대놓고 이야기를 하면 후에 문제가 생길 수도 있지 않습니까?"

고노찬이 한쪽에서 입을 벌린 채 황당한 표정을 짓고 있는 천대복을 바라보았다.

천대복이 입을 열면 그들은 큰 곤경에 처할 수 있다.

이한열이 관직에서 물러난 채광석처럼 될 수도 있었고, 고노찬이 다시금 금의위에게 심문받는 날이 올 수도 있었다.

"부정자님! 대체 무슨 생각이신 겁니까?"

벌떡 의자에서 일어난 천대복이 이한열을 보면서 소리쳤다. 자신의 면전에서 대놓고 비리를 저지르려는 이한열의 행태에 화들짝 놀랐다. 그런 놀람이 그의 목소리에 고스란히 드러났다.

"앉으시오. 주자소에서 일하는 분들의 녹봉이 참으로 박봉이라 알고 있소."

이한열이 담담한 음성으로 이야기했다.

이한열의 녹봉 역시 진사인 그의 기준으로 볼 때 결코 많지 않았다. 하지만 일반인의 시각으로 보면 상황이 천양지차로 바뀐다.

과거에 급제한 이한열은 걱정하지 않고 편안하게 살 수 있을 정도의 녹봉을 받는다. 편안한 거처에서 지내고, 좋은 음식을 먹으며, 아름다운 여인을 만날 정도의 충분한 녹봉이었다.

단지 이한열이 바라는 북경에서의 고래 등처럼 큰 집과 미모를 떨치는 환상적인 여인들을 다수 거느릴 정도의 녹봉이 안 될 뿐이었다.

"그렇기는 하지요. 참으로 박복한 녹봉이지요."

천대복이 의자에 앉으면서 대꾸했다.

기술을 천대하는 시대였기에 훌륭한 솜씨를 지니고 황제의 말을 옮기는 주자소 관청에서 일하고 있음에도 대우가 나빴다.

훌륭한 솜씨를 가진 주자소의 기술자들은 밖으로 나가서 일해도 관청에서 받는 것보다 훨씬 더 받았다.

"나는 뒷돈을 홀로 챙길 생각이 없소. 뒷돈을 혼자 먹어서 배탈이 난 건 전임 상사만으로 충분하오. 적당하게 받은 뒷돈을 주자소 사람들과 함께 나누고 싶소. 그래서 풍족한 삶을 누리고 싶은 마음이오."

이한열이 자신의 생각을 담담하게 풀어냈다.

"하지만 그것은 비리가 아닙니까?"

천대복이 말했다.

"비리가 맞소. 하지만 나는 가족들을 풍족하게 할 수 있다면 기꺼운 마음으로 비리를 저지를 수 있소."

이한열이 고집스럽게 말했다.

그가 죽어라 노력해서 과거에 급제한 것은 나라와 백성을 위함이 아니었다. 가난한 자신과 가족을 위해서 미친 듯이 책을 파고든 것이었다. 잘 먹고 잘 살기 위해서 노력했고, 어느 정도의 뒷돈은 기꺼운 마음으로 챙길 셈이었다.

"공공연히 매관매직이 이루어지고 있는 상황이오. 도처에 부정부패를 저지르는 탐관오리들이 가득하지. 내가 받는 뒷돈 정도는 크게 문제가 되지 않소. 그리고 문제가 되지 않도록 기름칠도 할 생각이고."

이한열은 거래처에서 받는 뒷돈을 독식할 생각이 전혀 없었다. 주자소의 기술자들과 나눠 가지고, 금의위인 천태웅에게도 일부 넘길 생각이었다.

위아래로 기름칠을 해놓으면 걸려도 문제가 발생하지 않는다.

누가 투서를 한다고 해도 무마를 하기 위해서 위아래의 사람들이 합심해서 움직일 것이다.

그것이 조직 세계이다.

그리고…….

'차후에 문제가 생기면 꼬리 자르기도 할 수 있는 일이지.'

이한열의 속내는 사악했다.

그는 고노찬에게서 직접 돈을 받을 생각이 눈곱만치도 없었다. 청림목기에서 뒷돈을 받을 사람은 바로 천대복 목장이었다. 그렇게 하기 위해서 천대복을 데리고 청림목기까지 온 것이었다.

아 다르고 어 다른 법이다.

돈을 받은 주체가 누구냐에 따라서 최악의 경우 상황이 뒤바뀐다.

만약에 황실의 감찰에 걸리더라도 천대복을 희생양으로 삼아서 이한열은 살아남을 수 있었다.

하지만 그런 사악한 속내를 철저하게 숨겼다.

"나는 내가 거느린 사람들이 돈 때문에 안타까워하고 슬퍼하는 모습을 보기 싫소. 모든 책임은 내가 질 테니 따라오시오."

이한열이 강하게 말했다.

그의 말에는 강한 힘이 실려 있었다.

무공을 수련하면서 그의 말에는 기세와 위엄이 미약하게나마 녹아났다.

"아! 그렇게까지 저희들을 생각해 주시다니 참으로 감사할 따름입니다."

천대복이 이한열에게 고개를 숙였다.

사실 집에 가면 돈이 없다고 아내와 아이들이 안타까워했다.

북경에서 아이들을 제대로 교육시키려면 천대복의 녹봉만으로는 턱도 없이 부족했다.

보다 좋은 서당에 보내고 싶은 것이 바로 부모의 마음이었다. 아이들을 잘 가르친다는 학사에게 보내기 위해 천대복의 아내는 삯바느질까지 하고 있었다.

'헐! 수단이 참으로 대단한 사람이구나.'

고노찬의 눈매가 파르르 떨리고 있었다.

그는 오랜 세월 상인으로 살아오면서 북경에서 많은 관리들을 보아 왔다. 대놓고 뒷돈을 요구한 관리들 또한 적지 않았다. 하지만 그렇게 받은 뒷돈을 부하들과 함께 나누겠다는 사람은 단연코 처음이었다.

'웃는 얼굴로 천대복을 허수아비 삼아 전면에 내세웠다면? 참으로 무서운 사람일 수도 있어.'

섬뜩한 느낌에 그의 머리카락이 곤두섰다.

노회한 그는 이한열의 말에 홀랑 넘어간 천대복처럼 순수하지만은 않았다.

상계에는 허수아비 주인이라는 말이 있다.

허수아비 주인은 아무런 권한이 없이 그저 상점의 주인을 맡은 사람으로서, 진짜 주인으로부터 월급을 받는다. 그리고 좋지 않은 경우 허수아비 주인은 진짜 주인 대신에 힘이 있는 사람들로부터 처벌을 받는다.

이한열을 바라보는 그의 눈매가 가늘어졌다.

"어떻소? 거래를 하시겠소?"

이한열이 고노찬을 바라보며 물었다.

이미 체제가 만들어진 청림목기였기에 찾아왔다. 하지만 마음을 바꿔 다른 상인이나 목재상을 찾아가서 넌지시 이야기를 꺼낼 수도 있었다.

그가 청림목기에서 꼭 거래를 해야 할 필요는 없었다.

이한열에게는 여러 선택권이 있었다.

"맡겨만 주십시오. 최선을 다해 대인을 만족시켜 드리겠습니다."

고노찬이 이한열에게 허리를 굽혔다.

"이제부터 뒷돈은 모두 천대복 목장이 받을 것이오. 천대복 목장과 잘 지내 보시오."

이한열의 말을 들은 고노찬은 섬뜩했다.

그가 방금 전에 했던 생각처럼 천대복을 허수아비 주인으로 내세웠기 때문이다.

하지만 그는 그런 감정을 겉으로 표현하지 않고 방긋 웃으며 말했다.

"앞으로 잘 부탁드립니다."

그는 탈이 좋은 상인이었다.

"잘 지내 봅시다."

아무것도 모르는 천대복이 말했다.

이한열을 바라보는 그의 눈빛에는 감사의 마음이 가득 넘쳤다.

'나를 믿기에 돈을 맡긴 거야. 실망시켜 드리지 않도록 앞으로 잘하자.'

그는 고노찬으로부터 직접 돈을 받는다는 사실이 이한열의 신임을 의미한다고 생각했다.

슥!

뜻한 대로 거래를 마무리한 이한열이 의자 등받이에 허리를 기대면서 편안한 자세를 취했다.

'이제 매달 녹봉 외에 가욋돈이 들어오겠구나. 강철대장간에도 들르고, 종이를 거래하는 상점도 방문해야지. 주자소와 거래하는 상점들을 모두 돌면 적지 않은 돈이 생기겠어.'

이한열은 천덕꾸러기 취급을 받는 주자소에서 안정적인 수입원을 찾았다.

"일할 맛이 나네."

"그렇게 좋나?"

"신난다."

신바람을 내면서 목공들이 일하고 있었다.

갑작스럽게 밀려든 업무로 주자소에서 만들어야 할 책들이 많았다. 그렇기에 주자소 사람들은 퇴근 시간을 넘기면서까지 일을 해야만 했다.

많은 일로 피곤할 법도 한데, 주자소 사람들은 잔뜩 신이 나 있었다.

"부정자님 덕분에 요즘 집에서 힘 좀 주고 있다."

"그런가? 나도 아침 밥상이 달라졌다."

목공들은 잔뜩 들떠 있었다.

이한열은 주자소와 거래하는 업체들을 돌면서 대놓고 뒷 돈을 요구했다.

청림목기, 강철대장간, 종이상점 등의 업체들은 기존과 똑같은 방식으로 이한열과 거래를 하기로 약정했다.

이한열은 각 업체로부터 받은 돈을 주자소의 사람들에게 직급에 따라 공평하게 나눠 주었다.

주자소에 돈이 돌자 주자소의 일도 순풍에 돛 단 듯 술술 잘 풀려 나갔다.

천대복의 부인 역시 더 이상 삯바느질을 하지 않아도 자 식들을 좋은 서당에 보낼 수 있게 됐다.

"부정자님에게 감사한 마음을 가져야 해."

"물론이지. 새로 부임한 부정자님이 참으로 복덩이라니 까."

주자소의 사람들은 이한열에게 고마워했다.

"돈이 매달 들어온다고 했지?"

목공 한 명이 작은 목소리로 옆의 동료에게 물었다.

"천대복 목장이 이한열 부정자님의 말을 대신 전해 줬잖아. 업체로부터 받은 뒷돈을 매달 나눠 준다고 했어."

"녹봉보다 더 많은 돈을 매달 받을 수 있다는 사실이 믿기지 않아."

"채광석, 나쁜 놈이 혼자서 독식했던 걸 착한 이한열 부정자님이 우리들에게 나눠 주시는 거지."

"자네는 돈을 어디에 썼나? 나는 받은 돈을 몽땅 아내에게 줬어."

"갑자기 생긴 목돈이라 마누라 몰래 숨겨 뒀어. 항상 쥐꼬리만 한 돈을 가지고 온다고 무시했거든. 잔뜩 모았다가 한 방에 줄 거야. 마누라가 놀라서 기절하는 모습을 보고 싶어."

"ㅎㅎㅎㅎ!"

돈이 생긴 주자소 사람들의 얼굴에 웃음꽃이 잔뜩 피어났다.

第九章

공부

새벽이다.

아직 해가 뜨지는 않았지만 점점 날이 밝아 오고 있었다.

푸른 하늘과 푸른 잎사귀가 무성한 나무, 싱그러운 바람
이 참으로 좋았다.

저벅! 저벅!

이한열은 천천히 걸음을 옮겼다.

"새벽 공기가 참으로 상쾌하구나."

어둡던 하늘이 점점 푸르게 바뀌어 갔다.

붉은 해가 둥실 떠올랐고, 푸른 하늘 위에 구름이 한가롭
게 흘러갔다.

눈에 가득 들어오는 평화로운 풍경을 바라보면서 이한열은 천천히 걸었다.

그의 눈빛이 반짝반짝 빛났다.

"이제 삼식 호흡도 익숙해졌어."

그는 이제 일상생활에서 삼식 호흡을 편안하게 펼칠 수 있었다.

삼식 호흡은 강인한 육체를 만들어 주는 환상적인 호흡법이었다.

외문무공을 익히기 위해서는 먼저 몸을 튼튼하게 만들어야 했고, 연금종주에서 호흡법은 무척이나 중요했다.

"걷기에도 법칙이 있을 줄은 몰랐어."

이한열이 중얼거렸다.

그는 간밤에 읽은 보법 책에서 걷기의 중요성을 알 수 있었다.

평소 그의 걸음걸이는 선비 특유의 팔자걸음이었다.

보법에 대해서 기술해 놓은 서적에는 사람들의 걸음걸이에 대해 많은 설명과 함께 주석이 달려 있었는데, 이한열이 눈여겨본 것은 바로 선비들의 걸음걸이였다.

"팔자걸음은 거위처럼 뒤뚱거리는 아형압보이다. 아형압보의 걸음걸이는 인체에 무척이나 불균형을 초래한다."

팔자걸음의 폐해를 조목조목 적어 놓은 책을 본 이한열

은 간밤에 무척이나 놀랐다. 평소 권위의 상징으로 생각했던 걸음걸이가 참으로 나쁜 것이었다.

걷는 걸 호흡하는 것처럼 자연스럽게 생각하지만 실제적으로 좋은 걸음걸이를 하는 사람은 많지 않았다.

"이제라도 알았으면 고쳐야지."

이한열이 말했다.

지금은 달리기가 먼저가 아니라 몸에 붙어 있는 나쁜 팔자걸음의 습관부터 없애야 했다.

저벅! 저벅!

삼식 호흡을 하고 있던 이한열이 발끝부터 대지에 천천히 내려놓았다.

발을 내딛는 순간에도 이한열의 뇌리에는 간밤에 본 책의 내용이 고스란히 떠올랐다.

"발걸음과 호흡을 하나로 맞춰야 한다고 했지."

올바른 걸음걸이는 그저 코로 호흡하면서 걷는 것이 아니다.

"후읍! 후우읍!"

그가 코로 숨을 깊게 들이마셨다가 다시금 내뱉었다.

호흡과 함께 폐와 양쪽 옆구리의 복사근이 팽창했다가 다시금 움츠러들었다.

"발걸음과의 호흡은 삼식 호흡과 연계할 수 있다."

이한열은 삼식 호흡과 함께 바르게 걸을 수 있도록 노력했다.

저벅! 저벅!

옷에 가려져 있어 보이지 않았지만 복사근을 비롯한 근육들이 부드럽게 호흡과 함께 꿈틀거렸다. 삼식 호흡으로 조율되는 호흡과 함께 폐와 복사근이 연동됐다.

삼식 호흡에 복사근을 비롯한 육체가 하나로 맞춰지고 있었다.

"흐음! 확실히 괜찮군. 허리와 다리에 무리가 덜 가고 있어."

이한열이 예전 팔자걸음에서의 문제점을 인지했다.

육체를 단련하면서 몸이 점점 민감해지고 있었다.

배를 내밀고 걷는 팔자걸음은 허리와 하체에 심각한 문제를 일으켰다. 그렇게 발생한 팔자걸음의 문제들을 이한열은 하나씩 제거해 나갔다.

걸으면서 고도로 신경을 집중한 것이다.

오랜 세월 몸에 익었던 잘못들을 제거해 나가는 건 쉽지 않았다.

조금만 정신을 흩트려도 다시금 육체가 원래의 익숙한 걸음걸이인 팔자로 바뀌려고 했다.

두근! 두근!

심장이 강렬하게 뛰었다.

삼식 호흡과 함께 심장에서 뿜어지는 피가 강렬하게 온몸을 타고 돌았다.

삼식 호흡은 이한열의 육체에 힘을 줬다.

볼록! 볼록!

그의 배꼽 부분이 꿈틀거렸다. 복사근이 꿈틀거리고, 복근과 등의 근육까지 함께 움직였다. 볼록해졌다가 다시금 납작해지는 모습이 선명하게 드러났다.

"참으로 신기하단 말이야."

이한열은 삼식 호흡을 따라 움직이는 배를 보면서 말했다.

의지에 따라 조율되는 육체는 학사인 그의 입장에서 신기했다. 그리고 신기한 만큼 더욱 열정적으로 파고들 여지를 보여 줬다.

그는 계속해서 파고 또 파면 무엇이 나올지 궁금했다.

그것은 학사의 순수하고 열정적인 호기심이었다.

무공을 육체적으로 수련하는 것은 이한열에게 있어 또 다른 공부였다.

과거 급제를 위해 공부했던 진사가 무공에 푹 빠져들었다.

"폐가 아니라 복부로 숨을 쉬는 것이 복식 호흡이다. 두 번씩 호흡하는 삼식 호흡을 통해 인체의 중심인 배로 자연의 기운을 녹여 내는 것이다."

이한열이 말하면서 정신을 집중했다.

저벅! 저벅!

그리고 계속해서 걸었다.

휘이잉! 휘이이잉!

시원한 바람이 불어와 열정적으로 타오르고 있는 이한열을 덮쳤다. 상쾌한 바람의 감촉이 그의 몸을 부드럽게 어루만졌다.

그때였다.

찌릿! 찌릿!

배에서부터 시작된 기운이 머리에서 발끝까지 전율적으로 타고 흘렀다.

난생처음 경험한 놀라운 기운에 이한열의 눈이 절로 커졌다.

삼식 호흡과 함께 배에서 시작된 상쾌한 기운이 그의 몸에 가득 퍼졌다. 발걸음이 절로 가벼워지고, 온몸에 활력이 맴돌았다.

"이것이 기로구나."

이한열은 몸속에 흐른 기운의 정체를 바로 알아차렸다.

기란 무엇인가?

크게는 이기철학 논쟁에서처럼 우주 자연을 이루고 있는 물질적 재구성에서부터 작게는 먼지에도 머물러 있는 힘이다.

"삼식 호흡을 하면 언젠가 함기지류를 느낄 수 있다고 하더니……."

함기지류는 공기에 생명력의 원천이 되는 그 무엇이 있어서 기를 숨 쉬며 산다는 이야기다.

인간 역시 함기지류를 하면서 지낸다.

하지만 그런 사실을 이론적으로는 이해할 수 있어도 평소에는 육체적으로 알지 못한다.

기를 느낄 수 있어야만 함기지류에 대해 육체적으로도 받아들일 수 있다.

그리고 함기지류를 해야지만 몸에 내공을 쌓을 수 있다.

이한열은 이제 비로소 내공을 쌓을 수 있는 단계에 들어섰다.

본격적인 무인의 시작에 들어섰다고 할 수 있었다.

무예의 요체는 한마디로 하면 운기이다.

운기!

즉 기를 운용한다는 뜻이다.

외문무공이라고 해서 운기를 하지 않는 것은 아니다. 단지 내공심법처럼 단전에 기를 축적하는 않을 뿐이다. 육체적으로 운기를 하여 그 기를 온몸에 퍼트린다.

"참으로 재미있어."

기를 느낀 이한열이 맑게 웃었다.

저벅! 저벅!

허리를 펴고 보법 책에서 알려 준 대로 걷는 그의 온몸에서 땀이 흘러내렸다. 습관화된 걸음걸이가 아니라 교정하면서 의식적으로 걷는 것은 육체의 힘을 많이 쓰게 만들었다.

송골! 송골!

이마에도 굵은 땀방울들이 생겨났다.

그런데 땀방울에서 약간 비릿한 냄새가 났다.

그것은 더워서 흘리는 땀과 이질적으로 달랐다.

"운기의 영향이구나. 운기는 인체 내부를 정제하는 것이기도 하니까."

이한열은 바로 알아차렸다.

땀방울에서 냄새가 나는 것은 기가 인체를 정제하면서 노폐물을 밖으로 내보내고 있기 때문이다.

어머니의 배 속에 있을 때 태아는 순수하다.

하지만 자궁 밖으로 나오고, 호흡하고 먹으면서 인체에는 노폐물이 쌓이기 시작한다.

인간의 육체 곳곳에는 노폐물들이 잔뜩 쌓여 있다.

바로 혈도가 막히는 것이다.

노폐물로 인해 시간이 지날수록 혈도가 막히는 증상 때문에 강호 무림에서는 어린아이들에게 내공심법을 일찍 전수한다.

노폐물이 적을 때 내공심법을 익혀야 효과가 컸다.

다 성장한 이한열이 지금 내공심법을 익히면 효과가 크지 않았다.

"호오! 신체가 기를 소화, 호흡, 순환시키는구나."

이한열이 몸속의 변화를 인지했다.

연금종주 삼식 호흡의 기의 운행 방식은 내공심법과는 판이하게 달랐다.

삼식 호흡은 신체 각 부분에 기를 배치하면서 활동으로 순환해 소화시키고 있다. 기는 바로 생명 활동, 즉 움직임을 통해서 서서히, 또는 급속히 소모된다. 동시에 삼식 호흡을 통해서 다시금 보충되었다.

이한열의 육체가 활발한 기의 신진대사를 일으켰다.

이러한 기의 신진대사가 총체적으로, 그리고 유기적으로 일어났다.

"통제를 해야 한다."

이한열은 신체 각 부위에서 벌어지고 있는 기의 운행 방식을 의식적으로 관장해야 한다는 사실을 알았다.

외문무공은 결국 육체를 얼마나 효율적으로 통제하느냐에 달려 있었다. 궁극적으로는 인체의 모든 신체 부위, 모든 신경 계통의 신경 조작을 통제하는 것까지 이른다.

연금종주도 여기에서 벗어나지 않았다.

비릿한 땀이 흐르는 가운데 기가 생성되면서 이한열은 힘이 솟았다.

저벅! 저벅!

걸음을 옮길수록 기의 신비를 느끼게 됐다.

"기의 운행은 경이롭고 신비하군. 이걸 학문적으로 연구하면 참으로 재미있겠어."

이한열은 몸속에서 일어나는 변화를 선명하게 뇌리에 기억하려 노력했다.

저벅! 저벅!

그가 계속해서 걸었다.

삼식 호흡을 하자 걸으면 걸을수록 몸에서 힘이 솟구쳤다.

제대로 하는 걷기는 온몸의 근육과 뼈를 이용하는 전신 운동이었다.

저벅! 저벅!

기를 육체로 운기하게 되면서 그의 발걸음이 빨라졌다. 절로 힘이 솟아났기 때문에 근육과 뼈가 힘을 내는 것이었다.

그리고 이한열도 의도적으로 속도를 늦추지 않았다.

그는 걷기의 속도를 빠르게 하면서 조금씩 운동의 강도를 높여 나갔다.

저벅! 저벅!

점점 빠르게 걷는 이한열의 이마에서 땀방울들이 줄기차게 흘러내렸다.

땀방울이 흘러내리는 것과 함께 시간도 계속해서 흘렀다.

그때였다.

"하아압! 합!"

주자소의 담벼락 너머에서 강렬한 소리가 울렸다.

강렬한 소리의 울림이 쩌렁쩌렁 울리는데, 그 안에 강한 기의 힘이 담겨 있었다.

"금군의 훈련이구나."

이한열이 말했다.

주자소는 자금성의 남쪽 가장 외곽 지역에 위치하고 있었다. 금속활자를 만들 때 시끄러운 소리가 발생하기 때문이다. 그리고 주자소 자체의 중요성이 떨어지기 때문이기도 했다.

주자소와 약간 떨어진 곳에는 가장 외곽의 자금성을 수

호하는 장수교위가 이끄는 금군 부대가 있었다. 장수교위 밑으로는 도두, 제활, 위사들이 있었다.

황궁을 수호하고 황제를 호위, 경비하는 황제 직속의 군대가 바로 금군이다. 왕이 거둥할 때 왕을 호위하고 경비하는 기마 군단까지 금군에 포함되어 있다.

금군의 호칭은 황제의 거성을 금리, 또는 금중이라 부른 데에서 붙여진 이름이다.

금군은 단순히 황궁만을 수호하는 친위군이 아니다.

금군은 명이 지배하는 중원 곳곳에 퍼져 있는 전국적인 군대였다.

팔십만에 달하는 엄청난 군세는 황제의 막강한 권력을 유지하고 강화시킨다.

자금성을 지키는 금군의 위사는 귀족이나 공신의 자제, 또는 세습적 직업병이다.

자금성 금군 위사는 강한 힘을 가진 정예병이다.

유사시에 자금성의 위사는 금군의 중핵 부대로서 중추적 역할을 하게 된다. 자금성 위사들은 궁성의 수비 및 황제의 경호뿐만 아니라 중앙 직할군으로서 야전에도 출동한다.

"금군 위사들이 훈련을 하고 있구나."

이한열의 눈에 이채가 스쳐 지나갔다.

예전에는 금군 위사들의 훈련에 별 흥미를 못 느꼈지만

지금은 아니었다.

"금군은 어떤 훈련을 할까?"

이한열은 팔십만이라는 어마어마한 군세들 가운데 뽑힌 금군 위사들의 훈련에 호기심이 생겼다.

저벅! 저벅!

자연스럽게 그의 발걸음이 금군 위사들의 훈련장으로 향했다.

몇 개의 문을 지나치자 이한열의 눈에 연무장에 쫙 늘어서 있는 금군 위사들의 모습이 드러났다.

"대단한 기세로구나."

이한열이 탄성을 터트렸다.

피부를 찌릿찌릿하게 울리는 강렬한 기세가 연무장에서 훈련하고 있는 금군 위사들에게서 흘러나왔다. 그들의 기세에 의해 대기가 요동쳤다.

강한 눈빛을 번뜩이면서 장수교위의 교령에 맞춰 금군 위사들이 똑같이 하나의 동작을 펼쳤다.

"권법을 훈련하고 있구나."

금군 위사들이 주먹을 내지를 때마다 요란한 소리가 터졌다.

파앙! 팡!

파앙! 팡!

기를 담아서 내뻗는 그들의 권은 강맹했다.

주먹을 내지르는 위력이 예사롭지 않았다.

백여 명의 금군 위사들이 일제히 내지르는 동작에 대기가 요동쳤다. 단체로 한 가지 권법을 펼치는 모습이 환상적이었다.

"장관이로군."

이한열은 금군 위사들의 훈련에서 시선을 떼지 못했다.

"진천만권! 힘을 담아서 펼쳐라."

장수교위 민익학이 크게 외쳤다.

파아앙! 파아앙!

민익학의 외침을 들은 금군 위사들이 일제히 진천만권을 펼쳤다.

진천만권은 금군 위사들이 기본적으로 익히는 진천권의 초식이었다.

진천권은 황실에서 무림 권법들의 정수만을 모아서 만든 무공이다. 진천권을 제대로 익히면 능히 절정에 도달할 수 있는 뛰어난 권법이었다.

금군 위사들의 아침 훈련은 기본적인 무공들로 이뤄져 있다.

"확실히 육체의 조율이 멋지구나. 지금의 나로서는 따라갈 수가 없어."

이한열은 금군 위사들의 육체적인 꿈틀거림을 몽롱한 시선으로 바라보았다.

　주먹을 내지를 때마다 금군 위사들의 몸에서 근육들이 멋있게 움직였다. 그런 움직임은 이한열이 차후에 익혀야 할 것들이었다.

　"저것이 진각이구나."

　지켜보면서도 많은 공부를 했다.

　백문불여일견!

　백 번 듣는 것보다 한 번 보는 것이 낫다.

　이한열은 책을 통해 본 여러 가지 무리와 현상들을 금군 위사들의 훈련에서 목격했다. 그것들은 이한열에게 새로운 가르침을 주고 있었다.

　저벅! 저벅!

　상승의 무리를 두 눈으로 목격하고 있는 이한열의 발걸음이 미묘하게 변하기 시작했다.

　"발과 무릎, 허벅지로 힘이 고스란히 실리고 있어."

　이한열은 금군 위사들의 동작을 보면서 자신을 투영시켰다.

　금군 위사들이 선보이고 있는 정갈하고 기본적인 동작들이 이한열의 걸음걸이에 녹아들었다.

　명석한 이한열은 보는 즉시 자신의 잘못된 점을 고쳤고,

또 배울 점은 그대로 배웠다. 눈으로 보고 머리로 배운 것을 육체로 받아들였다.

"진천토예! 주먹에 예기를 담아라!"

민익학이 외쳤다.

파앙! 파앙! 팡!

파앙! 팡! 파앙!

요란한 폭음이 연달아서 터졌다.

백여 명의 금군 위사들의 주먹에 패기와 함께 예리함이 담겨 있었다.

강렬한 기세가 멀찌감치 떨어져서 걷고 있는 이한열에게까지 전해졌다. 바람을 타고 공간을 넘어 전해진 기세는 실로 예리했다.

"예기를 담은 주먹에 바위가 그대로 잘려 나간다고 하더니……."

이한열은 금군 위사들의 훈련과 민익학의 외침에 참으로 많은 걸 배웠다.

사실 지금 그가 보고 있는 것은 참으로 간단한 무리였다.

주먹에 힘과 예기를 담으라는 말은 권법을 배우는 사람이라면 귀에 딱지가 앉도록 듣는 말이었다.

기본적인 것이기 때문이다.

하지만 그런 기본을 제대로 지키는 권법가와 권사는 많

지 않았다.

권법에 익숙해져서 기를 운용하면 힘과 예기를 담는 것보다 초식과 내공에 집중한다. 그것이 힘과 예기를 담을 수 있는 지름길이기 때문이다.

하지만 지름길이기에 그만큼 지나치고 건너뛰는 것도 많았다.

지금 금군 위사들이 펼치는 진천권은 내공에 기반을 둔 권법이었다.

그에 반해 이한열이 익혀야 할 것은 외문무공에 바탕을 둔 권법이었다.

그것은 기본을 지킨다는 점에서는 같지만 내공과 외공이라는 사실에서는 서로 달라졌다.

저벅! 저벅!

이한열은 금군 위사들의 아침 훈련을 구경하면서 나아가는 방향에 따라 관성적으로 푸른 나무들이 줄지어 서 있는 곳으로 걸음을 옮겼다.

나무들 아래에는 이미 몇몇 자리 선점을 하고 있는 여인들이 있었다.

"와아, 저 근육 좀 봐! 주먹을 내지를 때마다 구릿빛 근육이 춤을 추고 있어."

"저런 남자와 사귀고 싶어."

"저 밑에 깔려 봤으면……."

여인들이 호들갑스럽게 이야기했다.

그녀들은 야릇한 시선으로 상의를 벗고 훈련하는 몇몇 남자들의 상체를 바라보았다.

많은 훈련을 통해 남자들의 복근에는 임금 왕 자가 선명했다. 주먹을 내지를 때마다 탄탄한 복근의 근육들이 연신 꿈틀거렸다. 그런 모습이 남성의 사내다운 매력을 물씬 풍겨 냈다.

자금성에서 일하는 여인들과 시녀들에게 금군 위사들의 아침 훈련은 참으로 좋은 구경거리였다. 그리고 금군 위사들은 시녀들에게 가장 인기 좋은 신랑감 후보들이었다.

저벅! 저벅!

이한열은 여자들이 있는 곳을 지나치면서 우회했다.

그가 여인들에서 멀어지고 있을 때였다.

"저 사람이 누구인지 알아?"

한 여인이 옆의 여인들에게 물었다.

관복을 입고 빠르게 걷고 있는 이한열을 여인들이 호기심 가득한 눈빛으로 바라보았다. 젊은 관리들 역시 그녀들에겐 참으로 좋은 신랑감 후보였다.

"모르겠는데……."

"내가 알아."

머리카락이 길고 얼굴이 예쁘장한 한 여인이 이한열을 알아보았다.

쫑긋!

이한열의 귓가가 움직였다.

귓가에 작은 목소리가 선명하게 들려왔기 때문이다.

기를 느끼게 되면서 육체적인 능력이 신장됐고, 청력도 좋아졌다. 그렇기에 예전이라면 듣지 못할 여인들의 목소리를 잡아낼 수 있었다.

저벅! 저벅!

호기심에 이한열의 걸음 속도가 늦어졌다.

하지만 거리가 점점 멀어지면서 여자들의 목소리도 희미해져 갔다.

그렇다고 해서 다시 뒤돌아서 걸을 수는 없었다.

'귀에 기를 집중하면 청력이 강해지겠지? 하지만 기를 귀에 집중하는 것이 가능할까?'

이한열은 반신반의하며 삼식 호흡을 통해 일어나고 있는 기를 의도적으로 귀에 보내려고 노력했다.

처음에는 그의 의도가 제대로 성사되지 않았다.

'기여! 귀로 가라.'

이한열이 삼식 호흡을 하면서 의식을 귀에 집중적으로 됐다.

그러자 그의 몸에 변화가 일어났다.

귀에 기가 몰리면서 청력이 올라간 것이다.

금군 위사들의 훈련 기합성이 시끄러운 가운데 여자들의 목소리가 들려왔다.

쫑긋! 쫑긋!

이한열의 귀가 살짝 움직였다.

"이한열 부정자야."

"주자소에 새로 부임했다는 관리?"

"맞아. 전시에 합격한 사람이지."

"와아! 얼굴도 괜찮은데 전시 합격자면 더욱 좋네. 딱 내가 원하는 남자야."

"열렬히 원하기는 하지. 다만 저 사람이 너를 봐주느냐가 문제이지."

여인들이 연신 수다를 떨었다.

자금성에서 일하는 그녀들은 새로 부임하는 남자들에 대해 무척 민감했다. 그녀들에게 전시 합격자는 최고의 먹잇감 가운데 하나였다.

이한열의 관리 인생이 꼬여서 문제이지, 그는 엄연한 전시 합격자였다.

자금성에서 일하는 평범한 여인들에게 그는 어떻게든 사귀어서 결혼하고 싶은 남자였다.

'흠! 아직 내가 살아 있구나.'

이한열은 여자들의 이야기에 자신감을 가졌다.

하지만 그는 과거에 급제한 도도한 학사였다. 결코 평범한 여자들을 원하지 않았다. 속물이라고 할지 몰라도 진사에 어울리는 아름답고 기품 있으면서 마음에 딱 꽂히는 여인을 원했다.

'죽어라고 노력해서 과거에 급제한 나라면 좋은 여자를 만날 자격이 있어.'

이한열은 자신의 속물스러운 근성이 전혀 부끄럽지 않았다.

"금군 위사보다 훨씬 낫지."

"짐승적인 근육남보다 진사가 좋지."

"당연한 소리!"

여인들이 이한열을 선망 어린 눈빛으로 바라보고 있었다.

저벅! 저벅!

이한열은 걸으면서 등 뒤에 꽂히는 여인들의 뜨거운 시선을 고스란히 느꼈다.

"훗!"

과거에 급제한 맛을 제대로 즐기고 있던 이한열이 빙긋 웃었다.

그의 걸음걸이는 무척이나 도도했다.

여인들의 말을 듣고 있으니 절로 마음이 뿌듯해졌다.

'더욱 노력하자.'

이한열은 더욱 분발하겠다고 스스로에게 다짐했다.

저벅! 저벅!

열정적으로 노력하는 그의 발걸음이 무척이나 힘찼다.

第十章
담금질

　탁자 위에 길쭉한 목갑이 놓여 있었다.

　목갑 안에는 푸른 이끼들이 잔뜩 깔려 있고, 이끼들 위에
는 잔뿌리가 무성한 산삼이 아름다운 자태를 뽐내며 누워
있었다.

　오십 년 정도 되어 보이는 산삼이었다.

　산삼은 참으로 몸에 좋은 매력적인 약재이다.

　더구나 오십 년 정도 된 산삼은 구하기가 쉽지 않아 가격
도 비싼 편이었다.

　그런 오십 년 산삼이 이한열의 집무실 책상 위에 고고하
게 자리 잡고 있었다.

"고 노인이 참으로 좋은 선물을 해줬구나."

이한열은 기분이 좋았다.

청림목기 고노찬이 앞으로도 잘 부탁한다면서 그에게 목갑을 전해 왔다.

목갑의 물건은 순수하게 그만을 위한 선물이었기에 주자소의 일꾼들과 함께 나눌 필요가 없었다.

"먹으라고 준 건 잘 먹어 줘야지."

이한열이 산삼을 집었다.

그렇지 않아도 기를 느끼게 된 이후로 좋은 영약을 먹고 싶다는 생각이 많았다.

하지만 산삼을 비롯한 영약들은 가격이 비쌀뿐더러 연이 있어야만 구할 수 있었다.

오십 년 산삼은 좋은 영약이라고 할 수는 없지만 그래도 몸에 좋은 건 확실했다.

직접 돈을 주고 사라면 약간 망설일 수도 있었지만 선물로 받는다면 기꺼이 환영이었다.

"후읍! 흡!"

산삼을 손에 든 이한열이 삼식 호흡에 집중하면서 육체를 자신의 의지 아래 두려고 노력했다.

마음이 차분하게 가라앉으면서 심장이 뜨겁게 뛰었다.

슥!

이한열은 산삼의 뿌리에 붙어 있는 흙까지 입에 모두 들이밀었다. 산삼에 붙어 있는 흙이 몸에 좋다는 사실을 알고 있었기 때문이다.

진한 흙의 냄새가 그의 입안 가득했다.

우걱! 우걱!

그가 산삼을 씹어 먹었다.

진한 향과 함께 더덕과 비슷한 씹는 감촉이 느껴졌다. 입에 가득 전해지는 산삼의 액을 느끼면서 그가 꿀꺽 삼켰다.

산삼의 파릇파릇한 이파리까지 모두 이한열의 배 속으로 들어갔다.

휘이잉! 휘이잉!

열린 창문을 통해 시원한 바람이 불어와 그의 몸을 부드럽게 감싸 안았고, 뜨거운 햇볕이 들어와 이한열을 비췄다.

그의 배 속에서도 몸을 부드럽게 해주면서 뜨거운 기운이 일렁였다. 산삼에 담겨 있는 정수가 이한열의 몸에서 뜨겁게 솟구쳤다.

"이것이 산삼의 양기이구나."

이한열은 삼식 호흡에 더욱 집중하면서 산삼의 기운을 몸에 잔뜩 받아들이기 위해 노력했다.

사르르르! 사르르르!

배 속에서 일렁이는 산삼의 양기는 뜨거우면서도 시원했

다.

"뜨거운 기운이 흘러가는 곳이 너무나도 상쾌하다."

산삼의 양기가 지나간 자리에서 더할 나위 없이 시원한 감촉이 느껴졌다.

기존 혈도에 쌓여 있던 노폐물들이 산삼의 양기에 의해 조금씩 사라지면서 생긴 증상이었다.

혈도가 맑아지면서 육체에 절로 힘이 솟아났다.

그런데…….

이한열이 하나의 잘못을 했다.

영약을 복용하고 난 뒤에는 입을 열지 않아야 한다.

열린 입을 통해 영약의 기운이 빠져나가기 때문이다.

하지만 이한열은 산삼을 먹은 뒤에도 평소 습관처럼 자신에게 스스로 묻고 답하기를 반복했다.

뛰어난 그였지만 무림에서 영약 복용할 때의 상식을 알지 못했다.

알지 못해 따르지 못하는 건 미련이 아니었지만 똑똑한 그가 일반 무림인들이라면 결코 하지 않을 실수를 했다.

입을 열지 않았다면 더욱 큰 효과를 보았겠지만 지금도 이한열은 산삼의 양기에 취해 있었다.

"영약이 좋기는 좋구나."

이한열은 공짜로 받은 산삼에 만족했다.

그의 육체가 산삼을 맞아 새롭게 진화되고, 머리도 더욱 맑아졌다.

"건강한 육체에 맑은 정신이라는 말은 이럴 때 적격이로구나."

이한열이 자신의 몸에서 일어나는 변화를 인지하며 중얼거렸다.

스으으! 스으으!

이한열은 몸속에 퍼지고 있는 산삼의 기운을 전신에 하나하나씩 민들레 씨앗처럼 퍼트린다고 상상했다. 민들레에 붙어 있는 셀 수조차 없을 정도로 많은 씨앗들이 하나둘씩 이한열의 심상 속에서 흩어졌다.

그것들은 이한열의 의지의 파편이었고, 산삼의 기운들이었다.

연금종주에서의 가르침대로 기를 전신에 퍼트려 쌓기 위함이었다.

휘이이이! 휘이이이!

산삼의 기운이 뜨겁게 치달리는 피와 혈도를 타고 전신으로 퍼져 나갔다. 그것들이 저마다 떨어진 자리에서 뿌리를 내렸다.

스으으! 스으으!

바람을 타고 나는 민들레처럼 산삼의 기운이 자유롭게

흩날렸다. 그것들이 이한열의 몸 곳곳에 떨어지고, 자리를 잡은 곳에 녹아들었다.

"마치 비단을 짜는 것처럼 기를 전신에 배열시켜야 한다. 기의 배열을 두껍고 튼튼하게 하면 그것이 종국에는 금강불괴로 이어진다고 적혀 있었다."

이한열은 연금종주에 있던 내용들을 떠올렸다.

스으으! 스으으!

산삼에서 뽑아낸 기운들이 이한열의 의지에 따라 그의 전신에 하나둘씩 배열됐다.

그 과정은 무척이나 시간이 걸리는 단순한 작업이었다. 단순하기에 금방 지루해져 실수를 할 수도 있었다. 약간만 관심을 덜 기울이면 기의 배열이 흐트러지게 된다.

"이런 일이야 쉽지."

이한열은 작금의 일을 대수롭지 않게 여겼다.

그는 서적을 보면서 한 번 보았던 글귀를 참으로 여러 번 다시 봤다.

글은 같은 표현이라도 사용하는 경우에 따라 다르게 해석된다.

"똑같은 작업이라고 하지만 팔에다 기운을 보내는 것과 다리에 보내는 것은 다르지. 쌓는 위치가 다르고, 보내는 과정도 다른 경로를 통과한다. 똑같은 것이 아닌 셈이야."

이한열은 단순한 작업에서도 다르다는 걸 느끼고 있었다. 보통의 강호 무인들이라면 지루해할 일도 열정을 가지고 꾸준히 임했다.

그가 정신을 집중하여 산삼의 기운을 바르게 몸의 곳곳에 배열하기 위해 노력했다.

스으으! 스으으!

이한열이 베틀이 되어서 몸 안에 산삼의 기운으로 만든 실을 뿌렸다. 뜨거운 양기의 실이 그의 몸에 차곡차곡 쌓여 나갔다.

스르륵! 스르륵!

그의 피부가 더욱 뽀얗게 변했다.

기가 뼈와 근육에 축적되면서 살결이 좋아진 것이다.

연금종주에서는 이런 현상을 피부광명이라고 한다.

피부광명의 극한에 도달하면 피부 미인이 될 수 있다고 적혀 있었는데, 여인들에게 특히 유용하다고 첨부되어 있었다.

하지만 근래에는 과거와 달리 남자들도 미용에 신경을 썼다.

이한열은 피부광명의 혜택을 은근하게 누렸다.

그리고 피부광명은 근육이 탄력 있게 되면서 외부의 충격에 유연하게 대응한다. 차후에 있을 매 맞는 구타수련법에 있어 꼭 필요한 것이었다.

스르르! 스르르!

산삼의 기운이 이한열의 머리에서 발끝까지 지속적으로 축적됐다. 시간이 지날수록 그의 피부가 뽀얗게 광택을 뿌렸다.

오십 년 산삼은 이한열에게 참으로 좋은 역할을 했다.

휘이잉! 휘이잉!

바람이 창문을 통해 들어왔다 나가기를 무수히 반복했다. 그 와중에 이한열도 계속해서 산삼의 기운을 몸속에 받아들였다.

시작이 있으면 결국 끝이 온다.

이한열은 오십 년 산삼의 기운을 모두 몸에 받아들였다.

전신에서 강한 힘이 꿈틀거렸고, 그걸 고스란히 느끼자 무척이나 기분이 좋았다.

매일 아침저녁으로 걷기와 달리기를 하는 것보다 산삼 한 번 먹은 것이 더욱 큰 성과를 만들어 냈다.

짧은 순간에 이한열은 높은 성취를 이뤘다.

"참으로 좋구나. 또 구해 봐야겠어. 청림목기에서 오십 년 산삼을 선물했다고 강철대장간에 넌지시 이야기해야겠구나."

이한열이 웃으며 말했다.

그는 자신의 돈으로 산삼을 살 생각이 없었다.

가만히 지나가는 말로 이야기하면 거래처에서 알아서 선물을 해온다.

그것이 관리가 주변에서 선물을 챙기는 요령이었다.

이한열은 주자소와 거래하는 모든 상인과 상점에 청림목기의 좋은 선물 이야기를 할 작정이었다.

"언제 다시 산삼을 먹을 수 있을까?"

이한열이 곧 다가올 확정적인 미래를 생각하며 즐거워했다.

*　　　*　　　*

날이 더워졌다.

아침이라고 해도 무척이나 더운 바람이 불어닥쳤다.

그늘에 앉아 있어도 더운 날씨에 민익학 장수교위 밑의 금군 위사들은 땡볕을 그대로 온몸으로 받고 있었다. 넓은 연무장을 삼십 바퀴 이상 돌고 있는 그들의 얼굴에서 땀이 줄줄 흘러내렸다.

"내공을 쓰다가 걸리면 죽을 줄 알아라."

민익학이 사납게 으르렁거렸다.

그의 말을 들은 금군 위사들의 얼굴이 더욱 일그러졌다.

주르륵! 주르륵!

육체의 힘만으로 뛰고 있는 금군 위사들의 옷이 땀으로 범벅이 되어 있었다.

평소의 옷차림이 아니라 묵직한 갑옷을 입고 있는 그들이었다. 뛸 때마다 금속 비늘들이 쩔렁쩔렁 요란한 소리를 일으켰다.

"오늘 곡소리가 날 때까지 뛴다. 알았나?"

민익학이 소리쳤다.

"예."

"알겠습니다."

대답하는 금군 위사들의 목소리에는 힘이 들어 있지 않았다.

뜨거운 태양 아래 중갑옷을 입고서 계속 뛰어야 하는 그들의 앞날은 어두웠다.

"목소리가 불량하다. 이러니까 수녕궁의 수선 공주께서 야밤에 몰래 나가셨는데도 발견하지 못한 것이다. 위에서 근무 기강이 해이하다는 지적을 받을 수밖에 없는 노릇이다."

민익학이 일갈했다.

주수선은 숙창 황후의 딸로, 황태자의 누이동생이다.

그녀는 재기가 발랄하고 용모가 아름다워 황제를 비롯한

황실 인사들에게 큰 귀여움을 받고 있었다.

그런데 그런 주수선이 간밤에 몰래 황실을 빠져나가 북경을 돌아다녔다.

그녀가 빠져나가는 과정에서 마지막에 황궁의 북문을 통했다.

주수선의 야밤 행동에 숙창 황후가 대노했다.

황제의 정실부인인 숙창 황후의 분노로 인해 간밤에 수녕궁의 경계를 서던 금의위 위사들이 대거 파면되었다. 황궁 전체의 경계를 책임지던 홍자번 군부판서 대장군도 자리를 내놓고 물러나야만 했다.

주수선이 마지막에 황궁을 빠져나갔던 당시 경계를 책임지고 있던 북문의 금군 위사들도 모조리 파면됐다. 금군 위사들의 지휘관들 역시 지휘 소홀로 옷을 벗어야만 했다.

"앞으로의 황궁 경계에 있어서 만전을 기울여야 한다."

민익학이 일갈했다.

만약에 주수선 공주가 북문이 아닌 남문으로 빠져나갔다면 민익학과 금군 위사들은 모조리 파면이었다.

그리고 그것은 민익학에게는 참으로 끔찍하고 불행한 일이었다.

민익학은 금군의 관복을 입고 있었기에 사람들에게 인정을 받았다. 그가 파면을 당하게 되면 창공을 날던 새가 날개를 잃고 추락하는 것과 똑같았다.

"들어오고 나가는 물건들과 사람들에 대해서 전수 검사를 한다."

민익학이 말했다.

전수 검사!

전수 검사는 남문을 통과하는 모든 것에 대한 철저한 검사였다.

황궁의 남문을 통과하는 물건들과 사람의 양은 엄청나다. 그런 와중에 전수 검사를 하려면 금군 위사들에게 많은 시간과 노력이 필요했다.

주수선 공주의 사태로 인해 남문을 지키는 금군 위사들에게까지 불똥이 튀었다.

"전수 검사는 너무 힘듭니다."

"전수 검사를 하면 저희도 힘들지만 오가는 사람들의 불평불만도 장난이 아닙니다."

갑옷을 입고 뛰던 부하들에게서 불만 섞인 목소리가 튀어나왔다.

"힘들어도 해! 금군 위사에서 쫓겨나는 것보다는 나으니까!"

"하지만 전수 검사를 하려면 인원 보강이 필요합니다."

"인원 보강은 없다. 당분간 삼 교대가 아닌 이 교대로 움직인다."

민익학이 소리쳤다.

그는 분통이 터졌다. 오랜 세월 고생한 끝에 힘들게 장수교위의 위치에 올라섰다. 그런데 고생 끝에 낙이 오지 않고 곧바로 파직될 수도 있는 위기에 처하게 됐다.

그는 부하들을 쥐어짜서라도 장수교위의 지위를 유지해야만 했다. 네 명의 부인과 여덟 명의 자식, 그리고 부모님을 모시기 위해서는 많은 돈이 필요했다.

"이 교대로 운용한다는 것은 현실적으로 무리가 있는 지시입니다."

"맞습니다. 하루에 반나절씩이나 근무를 서게 되면 금방 피곤해집니다. 다음 날의 근무에 안 좋은 영향을 주게 될 겁니다."

"방금 지시는 사람 잡는 일입니다."

금군 위사들이 반발했다.

"닥쳐라! 강한 의지를 가졌으면 해낼 수 있다. 나약한 소리 하지 말고 할 수 있다는 생각을 가져라. 그런 나태한 정신 상태니까 일을 제대로 하지 못하고 있는 거다."

민익학이 길길이 날뛰었다.

그렇지 않아도 불안한 지금, 부하들의 반발로 인해 그의 뱃속에서 분노가 화르르 솟구쳤다.

"때로는 의지만으로 안 되는 일도 있는 법인데……."

"경계에 실패한 녀석들은 북문 놈들인데 왜 우리가 죽어 나야 하는 건지 모르겠네."

"으휴! 앞으로 죽어나겠네."

금군 위사들이 작금의 현실에 대해 한탄했다.

"어쭈! 힘이 남아도니까 헛소리들을 내뱉는구나."

머리끝까지 화가 치밀어 오른 민익학이 가장 뒤에서 달리고 있는 금군 위사를 모질게 걷어찼다.

말로 해서 제대로 듣지 않는 부하들에게 힘을 사용한 것이다.

퍽!

강한 발길질이었다.

"커억!"

맞은 사람이 답답한 신음을 내뱉었다.

옆구리를 가격당한 금군 위사는 땅바닥에 털썩 쓰러졌다.

"이것도 못 버티고 쓰러져? 오늘 죽어 봐라."

민익학이 쓰러진 병사를 밟아 대기 시작했다.

퍼억! 퍽!

퍽! 퍼억!

마른 먼지가 폴폴 피어올랐다.

"크윽! 악! 일어납니다."

짓밟히던 금군 위사가 벌떡 일어나더니 바람처럼 앞으로 내달리기 시작했다.

"굼벵이처럼 기어가지 말고, 입에서 단내가 날 정도로 뛰어라."

민익학이 가장 뒤에 처진 금군 위사를 걷어찼다.

"크흑!"

비명을 지른 금군 위사가 휘청거리는가 싶더니 꿋꿋하게 참아 냈다. 그리고 맞은 충격을 이용해 앞으로 치고 나갔다.

"가장 뒤에 있으면 얻어터진다."

"맞기 싫어."

뒤에서 달리던 금군 위사들이 젖 먹던 힘까지 동원해서 달렸다. 그들의 발밑에서 마른 먼지가 자욱하게 피어났다.

두두두두! 두두두두!

두두두두! 두두두두!

후미가 속도를 높이자 중간의 무리들도 덩달아서 다리가 보이지 않을 정도로 움직였다. 가장 뒤로 밀려나면 민익학에게 혹독하게 걷어차였기에 저마다 빠르게 달렸다.

"해가 질 때까지 뛰어 보자."

민익학이 으스스한 소리를 내뱉었다.

아직 해가 지려면 한 시진이나 넘게 기다려야만 했다.

"크흑! 죽었다."

"버틸 수 있을까?"

사망 선고라도 들은 것처럼 금군 위사들의 얼굴이 거무죽죽하게 변했다.

뻐억! 뻑!

달리는 후미에서는 연신 민익학이 걷어차는 소리가 선명하게 울렸다.

그럴 때마다 처참한 비명 소리가 터져 나왔다.

"아악!"

"크악!"

먼지가 자욱하게 피어나는 가운데 금군 위사들의 달리기가 계속해서 이어졌다. 땀을 줄줄 흘리는 그들의 몸이 축축 늘어져 갔다.

*   *   *

해가 저물었다.

붉었던 노을이 사라지고 어둠이 찾아왔다.

하루 일과를 끝마친 이한열은 오늘도 어김없이 걷기와 달리기를 통한 외문무공 수련을 시작했다.

외문무공을 제대로 익히기 위해서는 초반에 끊임없이 육체를 움직여서 땀을 흘려야 했다.

타악! 탁!

탁! 탁!

이한열이 호쾌하게 발을 내뻗었다.

발이 땅을 기운차게 밀었다.

스윽!

그의 몸이 앞으로 쭉 나아가면서 허공으로 약간 떠올랐다가 떨어졌다.

탁!

땅에 떨어질 때 발꿈치가 먼저 내려앉았다.

허리를 유연하게 세운 그의 하체와 상체가 부드럽게 조화를 이뤘다.

그는 발을 통해 발생한 힘을 발과 허벅지를 통해 고스란히 상체로 이동시키려고 노력했다.

하체의 근육과 상체의 근육들이 유기적으로 움직였다.

"움직임의 요체는 하체에 있다고 한다. 이는 하체에서 발생한 힘이 상체에 지대하게 영향을 미친다는 뜻이다."

이한열은 발을 통해 발생하는 힘의 움직임을 예의 주시하였다.

발바닥, 무릎, 종아리 등을 통해 연결된 힘이 골반을 거쳐 허리와 가슴으로 전달됐다. 그 과정에서 전신의 근육과 뼈들이 하나로 연결되어 움직였다.

타악! 탁!

힘차게 뛰는 이한열의 몸놀림이 부드러웠다.

그는 단순하게 뛰는 것이 아니라 머릿속의 지식을 토대로 움직였다. 육체의 움직임을 머리가 지배하도록 부단하게 사색하면서 말이다.

온몸을 조율하면서 뛰려고 하는 그의 머리와 몸에서 후끈한 열기가 흘러나왔다.

그때였다.

"큭!"

이한열의 입에서 고통스러운 신음이 새어 나왔다.

찌릿! 찌릿!

발에서 바늘로 콕콕 찌르는 듯한 통증이 밀물처럼 밀려왔다.

가죽 신발에 붉은 핏자국이 스며들었다.

거친 가죽 신발에 연약한 발의 피부가 쓸리면서 피가 흘러나오고 있었다.

"크으윽!"

이한열의 입에서 종전보다 큰 신음 소리가 흘러나왔다.

탁! 탁!

땅바닥에 발이 닿을 때마다 통증이 이한열의 머리에서부터 발끝까지 치고 내달렸다. 아픔으로 인해 이한열의 달리는 속도가 점점 떨어졌다.

"속도를 늦추면 안 돼. 그러면 효과가 떨어진다."

이한열은 이를 악물고 달리는 속도를 높였다.

타악! 탁!

땅을 박차는 그의 발에 힘이 들어갔다.

"고통은 이미 예상했잖아!"

이한열이 스스로에게 중얼거렸다.

그는 일부러 거친 가죽 신발을 신었다.

거친 가죽 신발을 이용한 달리기는 연금종주에 있어서 발을 혹사시켜 강화시키는 수련법이었다.

가죽 신발에 쓸린 피부에 상처가 나고 피딱지가 만들어졌다가 다시 상처가 생기는 과정을 몇 번 반복하면 딱딱한 피부가 만들어진다. 그리고 그걸 뛰어넘으면 피부가 부드럽게 변하게 된다.

그런 다음에는 뭉툭한 바늘이 달린 나무로 된 신발로 발을 단련시킨다.

나무 다음에는 날카로운 바늘이 무수히 꽂힌 철로 된 신발이 기다리고 있다.

이런 과정을 거쳐야만 발이 단단해진다.

"남자가 한번 칼을 뽑았으면 무라도 잘라야 하는 법이
지."

이한열이 눈에 독기를 품었다.

스팟!

어렵고 힘들 때마다 더욱 거칠게 반발하는 그의 눈에서
강렬한 열기가 일렁였다.

그의 머릿속에서 연금종주의 구결들이 쫙 펼쳐졌다.

"피할 수 없으면 즐기라고 했다! 고통을 즐기도록 하자."

이한열이 중얼거렸다.

그에게 고통은 익숙하지 않았다.

하지만 외문무공 수련에 있어서 고통은 필수였다.

그는 외문무공을 수련하면 그 끝에 달콤한 열매가 있다
는 사실을 알았다.

두근! 두근!

마음가짐을 새롭게 다지자 심신에서 힘이 느껴졌다.

"가자!"

이한열이 땅을 박차고 내달렸다.

욱신! 욱신!

발에서 밀려오는 고통이 전신으로 빠르게 치달렸다. 익
숙하지 않은 고통으로 인해 그의 얼굴이 저절로 일그러졌
다.

학사로만 살아왔던 그에게 이런 아픔은 참으로 생소했다.

"화끈하네."

이한열은 아픔을 솔직하게 인정하며 받아들였다.

"아픔도 공부야. 책을 공부하며 읽을 때도 지루함과 싸워야 했어. 육체를 단련할 때도 아픔과 싸워야 하는 것이지. 여기에서 아픔에 패배하게 되면 결국 패배자가 되고 만다."

이한열이 자기 자신에게 납득이 되도록 말을 걸었다.

과거에 급제하기 위한 공부와 외문무공을 수련하기 위한 공부는 다른 듯하면서도 비슷한 면이 많았다. 다른 부분이라고 해봐야 종이 한 장 차이였다. 다른 사람에게는 큰 차이일지 몰라도 이한열에게는 종이 한 장으로 느껴졌다.

"후후후!"

아픈 와중에 이한열이 웃었다.

외문무공의 격언 가운데 고통을 잘 이겨 내야 대성한다는 말이 있다.

"아픔을 이겨 내야 성장한다는 말이 조금 찝찝하기는 하지만 외문무공은 배울 만한 가치가 충분해!"

이한열이 입가에 야릇한 미소를 지었다.

그 역시 책을 읽으며 눈물 흘렸던 시절이 있었다.

어렵고 힘들던 그 시절은 아픔이었지만 그것을 이겨 내었기에 지금의 그가 있었다. 만약 고통스럽던 시절이 없었다면 과거에 급제하지 못했을지도 모른다.

"합!"

이한열이 강렬한 기합을 토했다.

강한 기합은 고통을 날려 버리는 효과가 있었다.

"경험해 보니까 알겠어. 역시 책에서 보았던 것처럼 기합은 단순한 외침이 아니야. 기합을 내지르면 평소보다 큰 힘을 낼 수 있어."

이한열이 중얼거렸다.

강호에서 무학사들이 생사를 가르며 싸우는 강호인들의 초식명 외침에 대해 심도 있게 연구한 적이 있었다.

초식을 외치는 것이 강호의 관례라는 말도 있었지만 그보다 무학사들이 중점을 둔 건 바로 초식명 외침이 기합과 연결된다는 주장이었다.

그러나 일부 무학사들의 주장은 강호에서 인정을 받지 못했다.

"그냥은 들어 올릴 수 없는 바위를 기합과 함께라면 들어 올릴 수도 있어. 그건 기합이 몸과 마음을 하나로 연결하여 힘을 증폭시키기 때문이야."

이한열은 부지런히 뛰면서 몸으로 겪은 내용과 책을 읽

으며 기억했던 내용들을 알차게 사색했다.

남들이 대부분 아니라고 하는 이치를 그는 인정했다.

그의 머릿속에 단순히 알고만 있던 지식들이 지혜로 바뀌었다.

"하압! 합!"

이한열이 기합을 내지르면서 뛰었다.

주르륵! 주르륵!

거친 신발에 휩쓸린 상처가 벌어지면서 붉은 피가 흘러나왔다.

가죽 신발이 붉게 물들어 갔다.

찢어진 상처가 거친 가죽 신발에 부딪히면서 문드러졌다.

철벅! 철벅!

신발 바닥에 고인 피로 인해 뛸 때마다 기묘한 소리가 울렸다.

"합! 하압! 합!"

하지만 강한 정신력의 소유자인 이한열은 기합을 토해내면서 달렸다.

고통을 온몸으로 받아들이면서 뛰는 이한열의 이마에 땀이 송골송골 맺혔다.

타악! 탁!

이한열의 달리는 움직임이 매끄럽게 맞춰 돌아갔다.

발꿈치가 땅에 착지하면서 발가락들이 힘을 보탰고, 복사뼈 주위의 발 관절들이 부드럽게 움직였다. 장딴지의 근육들이 탄력적으로 조여졌다.

땅을 박차면서 발생한 힘이 손실 없이 하체에서 상체로 연결됐다. 허리를 숙인 위치와 팔을 내뻗는 각도도 나무랄 부분이 없었다.

"아픔이 육체를 담금질하는구나!"

본능적으로 임하지 않고 이성적으로 행동하는 이한열이 육체에서 일어난 변화를 인지했다.

"역시 이런 열매가 있어서 재미있단 말이야."

그는 고통과 시련이 사람을 강하게 만들어 준다는 걸 잘 알았다. 그리고 그런 진리를 또다시 이번에 경험했다.

세상 사람들이 모두 알고 있는 진리였다.

하지만 그런 진리를 행하는 사람은 드물었다.

힘들고 어려웠기 때문이다.

"아픔은 내 성장의 자양분이다."

이한열이 말했다.

철벅! 철벅!

기묘한 소리와 함께 가죽 신발이 붉게 물들었다.

타악! 탁!

달릴 때마다 이한열의 뒤쪽으로 붉은 발자국이 생겨났다.

붉은 발자국들은 일직선으로 이한열의 발자취를 따라 만들어졌다.

"합! 하압!"

이한열은 기합을 내지르며 고통을 즐기면서 내달렸다.

타악! 탁! 탁!

탁! 탁! 타악!

경쾌한 그의 발걸음이 절로 금군 위사들이 훈련하는 연무장으로 향했다.

백문불여일견이라는 말처럼 금군 위사들의 움직임은 그에게 많은 가르침을 선사해 준다.

좋은 점은 그것뿐이 아니다.

눈으로 보고 배우는 점도 많았지만 금군 위사들의 연무장에는 기운이 가득 넘쳐흘렀다. 그곳에서 삼식 호흡을 하면 다른 때보다 더욱 효율이 좋았다.

산에 대자연의 기운이 풍부한 것처럼 연무장에는 금군 위사들이 뿜어내는 기운들이 많았다.

그렇기 때문에 이한열은 아침저녁으로 연무장을 찾아갔다.

그의 육체 전반에는 외문무공의 기운이 운기되고 있었다.

第十一章
구타연신

進士武林

　"이제부터 이 교대다. 근무를 서는 데 있어 나태하면 아주 죽을 줄 알아라! 정신 무장을 더 시키고 싶은데 밤에 있을 교대를 위해 여기에서 끝낸다."

　민익학이 물러났다.

　털썩! 털썩!

　간신히 버티고 있던 금군 위사들이 제자리에서 쓰러지듯 무너졌다.

　육체의 힘만 사용해서 달린 그들은 소금에 절인 배추처럼 축 늘어졌다.

　"젠장! 다른 놈들이 잘못한 걸 왜 내가 책임을 져야 되냐고!"

강호빈이 소리쳤다.

"그래도 우린 그나마 나은 상황이지."

"북문 놈들은 지금 아예 초상집이야."

"북문 녀석들 불쌍해서 어떡하냐?"

"금군에서 쫓겨나면 그야말로 닭 쫓던 개 지붕 쳐다보는 신세이지. 그놈들은 이제 어디에서도 관직 생활을 하지 못해."

엉덩이로 땅바닥을 깔고 앉은 금군 위사들이 저마다 한마디씩을 내뱉었다.

북문에 근무하던 동료들의 참화는 남의 이야기가 아니었다. 상관인 민익학이 왜 길길이 날뛰었는지 그들도 피부로 절실하게 느꼈다.

"아무리 그래도 이 교대에 전수 검사는 너무한 일이야."

강호빈이 연신 불평을 토해 냈다.

"빌어먹을! 퉤!"

그가 불편한 심기로 인해 땅바닥에 침을 찍 뱉었다.

유력한 집안 출신인 도두 강호빈은 악명이 자자했다. 대련 시간만 되면 같은 동료들을 무지막지하게 몰아붙이곤 했기 때문이다.

그와 대결했던 동료들 가운데 뼈가 부러진 중상자들도

다섯 명이나 됐다.

타박상은 으레 따라붙었다.

건장한 체격인 그는 민익학 다음으로 실력이 좋다는 평가를 받고 있었다.

"합!"

나지막하면서도 기운찬 기합이 연병장에 울렸다.

"아까부터 자꾸 신경을 거슬리게 만드네."

강호빈이 눈살을 찌푸렸다.

슥!

그가 고개를 돌리자 그의 눈에 기합을 토하면서 달리는 한 명의 호리호리한 체격의 사람이 들어왔다.

"매일 연병장에 와서 기웃거리던 놈이군. 조용하던 놈이 이번에는 시끄럽게 꽥꽥거리네."

"아, 저 사람! 주자소에 새로 온 부정자라고 하더라."

강호빈의 옆에 있던 동료 한 명이 이한열을 알아봤다.

"부정자란 놈이 왜 기합을 지르면서 달리는 거지?"

"외문무공을 익힌다고 했어."

이한열의 외문무공 수련 사실은 이미 주변에 널리 알려졌다.

자금성에 있는 여자들의 호기심은 남달랐다.

여자들은 이한열이 봉연무관에서 수련한 사실도 알았고,

매일 걷기와 달리기를 하면서 복식 호흡을 하고 있다는 사실까지 알아냈다.

금군 위사들 역시 이한열이 무공을 수련한다는 걸 눈치챌 수 있었다. 연무장을 달리면서 복식 호흡을 한다는 사실도 금방 알아차렸다.

"오호! 외문무공을 익히고 있다는 말이지."

강호빈의 입가에 야릇한 미소가 걸렸다.

그렇지 않아도 기분이 불쾌한 그는 참으로 재미있는 일이 떠올랐다.

"외문무공을 익히고 있다면 도움을 줘야겠지."

강호빈이 자리에서 일어나며 입가에 비릿한 웃음을 지었다.

그 웃음이 무척이나 서늘했다.

"무슨 도움을 준다고?"

"외문무공을 제대로 수련하기 위해서는 조력자가 필요하잖아. 내가 그 조력자가 되어 줄 생각이야."

강호빈이 말했다.

"아하! 때려 주겠다는 말이구나."

"이번 일로 발생한 불쾌한 감정을 부정자를 상대로 풀려는 것이구나."

동료들이 강호빈의 마음을 곧바로 알아차렸다.

"아니지. 외문무공 수련에 지대한 도움을 주는 조력자야."

강호빈이 서늘하게 웃으며 재차 말했다.

저벅! 저벅!

그가 이한열을 향해 다가갔다.

"합!"

이한열이 기합을 토하면서 내달렸다.

그의 진행 방향 앞쪽으로 강호빈이 갑작스럽게 모습을 드러냈다.

우뚝!

꾸준하게 달리던 이한열이 멈췄다.

"이게 무슨 짓이오?"

이한열은 강호빈을 보면서 미간을 찌푸렸다.

"죄송합니다. 물어볼 일이 있어 갑작스럽게 끼어들게 됐습니다."

강호빈이 말했다.

종팔품인 그가 종칠품인 이한열에게 존대를 해야 함은 당연했다.

그런데 윗사람인 이한열에게 미안하다고 말한 강호빈의 방만한 태도에는 미안한 감정이 전혀 보이지 않았다.

그런 강호빈의 태도에 이한열은 어처구니가 없었지만 화

를 꾹 참았다.

"무엇이 궁금하시오?"

"외문무공을 익히고 있다고 들었습니다. 맞습니까?"

강호빈이 말했다.

"그렇소. 그것이 내 앞길을 막는 것과 무슨 관계가 있소?"

"외문무공은 홀로 수련하면 효율이 좋지 않습니다. 옆에서 함께하는 조력자가 있어야 큰 효과를 보게 됩니다."

"조력자라면?"

이한열이 말했다.

"외문무공은 궁극적으로 조문을 없애기 위한 수련법입니다. 수련법에는 여러 가지가 있는데 가장 좋은 수련법은 고전적인 타격법이지요. 많이 맞아야 외문무공을 대성할 수 있는 법입니다. 제가 타격에 있어 남다른 재능이 넘칩니다."

금군 도두인 강호빈은 창술을 익혔지만 외문무공 역시 일부나마 익혔다. 외문무공을 수박 겉 핥기식으로 익히고 내가지공을 중점적으로 파고들었다.

그렇기에 외문무공 수련법에 대해서도 어느 정도 알았다.

외문무공에서 가장 훌륭하고 안정적인 수련법은 이른바

많이 맞는 것이었다.

글을 쓸 때 많이 읽고 많이 쓰면 좋은 것처럼 외문무공 수련도 똑같았다. 많이 맞고 많이 얻어터지면 육체 단련에 좋았다.

"타격법으로 도움을 주겠다는 소리이군."

"맞습니다."

강호빈이 입가에 서늘한 웃음을 지으면서 고개를 끄덕였다.

그 웃음에는 진정한 도움보다 이한열을 놀림감으로 만들겠다는 의도가 다분했다.

강호빈의 좋지 않은 의도를 이한열은 곧바로 알아차렸다.

"……."

"이왕이면 외문무공 수련을 제대로 하는 편이 좋지 않습니까? 아니면 부정자님께서는 장난으로 외문무공을 하는 것인지도 모르겠군요."

강호빈이 이한열의 심기를 살살 긁었다.

불쾌했던 감정을 이한열을 상대로 하나둘씩 풀어 나가는 것이다.

"어떻게 하시겠습니까?"

키가 큰 구척장신의 강호빈이 이한열을 위에서 내려다보

며 물었다.

'이처럼 화가 나기도 오랜만이군.'

이한열은 빈정거리는 강호빈의 행동과 말투로 인해 분노했다. 강호빈은 그의 처절했던 과거를 다시금 떠오르게 만들었다.

강호빈의 눈초리는 과거에 급제하기 전, 가난하고 힘없다고 그를 무시했던 사람들의 눈과 비슷했다.

'내가 저자에게 화를 내는 건 단순한 일이다. 하지만 그것으로 내 화가 풀릴까? 그리고 내 말이 먹혀 들어갈지도 의문이다.'

이한열은 금방이라도 강호빈을 향해 일갈을 터트리고 싶었다.

부정자의 직위를 내세우면 강호빈의 잘못된 행동에 대해 이야기할 수 있었다. 하지만 그의 이야기에 강호빈이 잘못했다고 할 가능성은 거의 없었다.

적어도 겉으로는 강호빈이 그에게 예의를 지키고 있었기 때문이다.

'내 화를 푸는 최고의 방법은 저자에게 한 방을 먹이는 것이다. 그리고 이번 일은 오히려 기회일 수도 있어.'

이한열의 눈빛에 이채가 어렸다.

그는 타인의 억압이 있으면 보다 강한 힘을 내왔다.

그리고 강호빈의 말처럼 조력자는 외문무공 수련에 도움이 된다.

연금종주에는 구타연신이라는 수련법이 있었다.

구타연신은 이름 자체에서부터 폭력적인 냄새가 가득 풍겼다.

구타를 통해서 몸을 완성시켜 간다.

몸속에 쌓여 있는 노폐물들을 구타를 받으면서 없애 나가는 방법이다. 구타를 당할 때 생기는 충격을 이용해 노폐물들을 청소한다.

몸 곳곳에 쌓인 기를, 맞을 때의 충격으로 터트려서 사방으로 뿜어낸다.

몸속에 회오리바람이 분다고 할까?

회오리바람이 노폐물들을 휩쓸면서 청소하고, 육체는 보다 깨끗해진다.

구타연신은 외부의 구타를 통해 몸속 노폐물들을 강제적으로 빠르게 청소해 나가는 것이 그 요지였다. 일반적인 내공심법보다 몇 배는 빠른 성취를 만들어 낸다.

이한열은 언제인가 구타연신을 수행해야만 했다.

구타연신은 외문무공 완성에 있어 시간을 단축할 수 있는 훌륭한 수련법이었다.

단, 구타를 통한 수련법이기에 극심한 고통을 견뎌 내야만 했다.

'금군 위사가 조력자라면 나쁘지 않은 일이지.'

이한열은 강호빈을 보면서 속으로 생각했다.

팔십만 금군 가운데 황궁에서 근무하는 사람들은 그 실력이 결코 녹록지 않았다. 강호빈의 양쪽 관자놀이에 툭 튀어나온 태양혈이 볼록했고, 두 눈에서도 강한 기운이 일렁였다.

"어떻게 하실 생각이오? 기다리다가 숨넘어가겠습니다."

강호빈이 말했다.

정작 그가 말을 꺼냈지만 이한열이 승낙할 가능성은 많지 않다고 여겼다.

'이제 꼬랑지를 말고 도망치겠지.'

강호빈은 연병장에서 물러가는 이한열을 보면서 한바탕 웃어 줄 심산이었다. 그렇게 하면 주수선 공주의 일로 생긴 가슴속의 화를 조금이라도 풀어 버릴 수 있을 것 같았다.

"조력자로 받아들이지."

이한열이 승낙했다.

"알겠소. 돌아가겠다면 말리지……."

강호빈이 고개를 끄덕거리며 이한열의 말과 정반대의 이야기를 꺼내다가 중간에 멈췄다.

놀란 그가 이한열을 빤히 바라보았다.

주변에서 둘을 지켜보고 있던 금군 위사들도 이한열의 승낙에 깜짝 놀랐다.

"정말로 나를 조력자로 받아들일 생각이시오? 나는 결코 가볍게 하지 않습니다."

"내가 바라는 바이오."

이한열이 단호하게 말했다.

"음! 그대는 진짜로 외문무공을 익히려고 하는군요. 알겠습니다. 저도 제대로 하겠습니다."

강호빈이 이한열을 똑바로 바라보면서 각오를 다졌다. 그의 마음속에서 학사라고 무시하던 감정이 이한열의 당찬 태도를 보면서 스르륵 사라졌다.

동료들도 그와 싸우면서 물러나고 있는 실정이었다.

그런데 학사인 이한열이 그의 사나운 조력자 도움을 받아들였다.

뚜두둑! 뚜두둑!

그가 팔의 관절을 꺾으면서 기묘한 소리를 만들어 냈다.

"연병장 가운데로 가서 합시다."

강호빈이 이한열에게 말했다.

저벅! 저벅!

저벅! 저벅!

강호빈과 이한열이 연병장 가운데로 향했다.

연병장 주변에 앉아 있던 금군 위사들이 이한열을 동정 어린 시선으로 바라보았다.

"강호빈에 대해 몰라서 저런 거겠지?"

"천둥벌거숭이와 다름없지."

"한 대만 맞아도 정신이 하늘 저 멀리 날아갈 거야."

"조금 있으면 눈물 질질 짜면서 잘못했다고 빌 수도 있어."

금군 위사들이 저마다 중얼거렸다.

그들은 모두 강호빈에게 수차례 타박상을 입거나 뼈가 부러진 경험을 했다.

강호빈을 상대로 이한열이 다치게 될 거라는 건 기정사실이었다.

"저는 조력자로서 최선을 다할 생각입니다. 그로 인해서 멍이 들고 피가 날 수도 있습니다. 최악의 경우, 뼈가 부러질 수도 있습니다. 그래도 괜찮으시겠습니까?"

강호빈이 말했다.

그는 이한열의 외문무공 수련을 돕는 데 힘을 아끼지 않을 생각이었다. 때문에 혹시라도 차후에 있을 이한열의 부상에 대비했다.

"외문무공 수련에 있어 그런 점은 감수할 수 있소."

"좋은 마음가짐입니다. 그럼 이제부터 조력자로서 임하겠습니다."

강호빈이 말했다.

스팟!

그의 두 눈에서 강렬한 빛이 일렁였다.

팟!

땅을 박차고 날아오른 강호빈의 입가에 한 줄기 호선이 그려졌다.

두근! 두근!

이한열의 심장이 빠르게 뛰었다.

처음으로 타인과 대결하는 그의 온몸 근육들이 팽팽하게 긴장했다.

휙!

강호빈이 이한열을 향해 주먹을 가볍게 내질렀다.

"……."

이한열의 두 눈이 맑은 빛을 뿌리면서 빛났다. 쇄도하는 주먹을 보면서 그가 전진했다.

호리호리하고 연약해 보이는 이한열이었지만 싸움에 있어서는 물러나지 않았다. 물러나면 그만큼 손해를 입어야 했던 과거의 상처들이 그를 앞으로 나아가게 만들었다.

그런 성격이 첫 교전에 있어 그대로 투영됐다.

"물러서지 않은 정신은 훌륭합니다."

강호빈이 말하면서 이한열에게로 주먹을 쭉 뻗은 채 그대로 달려들었다.

휘익!

주먹이 공기를 가르면서 쇄도했다.

슥!

이한열이 주먹을 아래로 피하면서 강호빈의 품으로 파고들려고 했다.

"무모한 접근은 오히려 손해만 있을 뿐입니다."

강호빈이 말했다.

스르륵!

주먹이 허공에서 호선을 그리면서 그대로 뚝 떨어졌다.

퍼억!

그리고 이한열의 어깨를 그대로 강타했다.

"크흑!"

이한열이 탁한 비명을 토해 냈다.

오른쪽 어깻죽지에서 흘러나오고 있는 고통이 상상을 초월했다. 마치 어깨가 몸에서 떨어져 나가는 듯한 고통이었다.

"견정혈을 제대로 맞으면 지독한 고통이 몸을 덮칩니다. 외문무공을 제대로 수련하려면 혈도까지 단단하게 단련해야 합니다. 지금은 두부처럼 너무나도 연약하군요."

강호빈이 친절하게 설명해 줬다.

축!

이한열의 오른쪽 어깨가 축 늘어졌다.

콰득!

오른쪽 어깨에 힘이 들어가지 않자 이한열이 왼쪽 주먹을 말아 쥐었다.

그는 여전히 대결에 있어 물러설 생각이 없었다.

'제법인걸.'

이한열을 바라보는 강호빈의 눈에 호감이 어렸다.

금군 위사들도 그의 주먹에 맞으면 지독한 통증에 몸서리를 친다. 그로 인해 앞으로 달려들지 않고 뒤로 물러나는 경우가 대부분이었다.

그런데 학사인 이한열이 앞으로 다가왔다.

"혈도를 비롯한 육체의 단련은 무공의 본(本)이며 체(體)가 되고, 용(用)이 되는 법입니다. 체와 용은 속과 겉이며, 근본과 쓰임이며, 곧 기본이지요."

당찬 이한열이 마음에 든 강호빈이 말했다.

그의 말은 무공의 정의와 공식으로 강호 무림에 알려진 오의 가운데 하나였다. 이런 오의를 모르고 있는 무인들도 적지 않았다.

"무슨 뜻이오?"

"땅에는 유형의 오행이 있고, 하늘에는 무형의 육기가 있습니다. 무형의 육기는 느낄 수 있으나 보거나 만질 수는 없는데, 본시 오행과 육기는 같은 것입니다. 이런 이치는 외공과 내공이 다르지 않지요."

강호빈이 말하면서 양곡혈을 향해 강맹한 주먹을 내뻗었다.

후웅!

무지막지하게 공간을 가르며 날아드는 주먹을 보면서 이한열은 그것을 기다렸다.

종전의 실수를 다시 저지르지 않기 위해 최대한 주먹을 가깝게 끌어당긴 그가 막 움직이려고 했다.

그때였다.

"강자를 상대로 약자가 기다리는 건 좋지 않은 행동입니다."

강호빈의 말과 함께 주먹이 갑작스럽게 빨라졌다.

그의 주먹질은 여전히 우악스러웠다.

'내가 해줄 수 있는 건 더욱 강력한 담금질이다.'

강호빈은 무엇이 이한열에게 좋은 일인지 잘 알았고, 또 자신의 우악스러움을 잘 포장했다.

콰우우!

순식간에 강호빈의 주먹이 이한열의 양곡혈을 강타했다.

빠악!

둔탁한 소리가 일어났다.

양곡혈은 체내의 양기가 소통되는 통로였다.

양맥의 기혈 소통의 큰 줄기인 양곡혈을 강타당한 이한열의 얼굴이 순식간에 창백해졌다.

"크허억!"

이한열의 입에서 숨넘어가는 소리가 튀어나왔다.

혈도는 기혈이 지나가는 통로이다.

몸에서 외부와 통하는 부분이 바로 혈도인데, 혈도는 주로 뼈와 뼈 사이, 근과 근 사이에 위치한다.

기혈이 모이는 혈도는 몸의 이상을 안팎으로 드러나게 만든다.

"십이정경맥과 기경팔맥에는 삼백육십여 개의 혈도가 있고, 그 외의 기혈들과 경혈들도 많이 있습니다. 외문무공을 대성하기 위해서는 머리에서 발끝의 모든 혈도들을 모두 단련해야 할 것입니다."

강호빈이 말했다.

그는 그냥 이한열을 때리는 것이 아니었다.

불쾌한 감정을 희석시키기 위해 이한열을 상대로 몸을 움직이고 있었지만 조력자로서의 임무에 충실했다.

강호빈은 추궁과혈보다는 못하지만 추나요법을 활용해 이한열의 전신을 안마했다. 단지 그 안마가 지독한 고통을 유발시키는 무시무시한 타격이라는 점이 문제였지만 말이다.

'고통을 승화시켜 육체의 허함을 보해야 한다. 부족한 것을 메우면서 육체의 진실한 힘을 이끌어 내야 지금의 아픔이 헛되지 않는다. 그러기 위해서는 맞은 혈도에서 일어나는 작용과 현상을 명확하게 알아야 해!'

이한열이 입술을 야무지게 깨물었다.

육체는 신비한 힘을 가지고 있다.

그는 고래로부터 전해지는 외문무공의 방법들과 새로이 개발된 수련법을 이해하고 연구했다. 그리고 그런 수련법을 어떻게 받아들이느냐는 전적으로 그의 몫이었다.

'맞을 때마다 발생하는 기운을 경기라고 하는데, 지금 견정혈과 양곡혈에는 땅 밑의 샘에서 나온 물이 고이는 것처럼 경기가 흘러넘친다. 경기가 크게 모여 흐르는 강물처럼 전신을 흘러가게 만들어야 한다. 경기가 모여서 바다를 이루고, 다시 단전으로 들어가 합쳐져야 큰 이득을 누릴 수 있다.'

이한열이 사색했다.

단순히 머릿속에만 있던 죽은 지식들이 산지식이 되어서

이한열에게 밀물처럼 밀려왔다. 강호빈과 대결을 하는 와중에 그의 눈빛이 초롱초롱 반짝였다.

그의 뇌리에 구타연신의 네 가지 단계에 대한 구결이 떠올랐다.

'영수보사와 호흡보사를 동시에 행하자. 그러면서 삼 단계인 염전보사와 사 단계인 납지보사를 펼칠 기회를 살핀다.'

촤르륵! 촤르륵!

구결들의 뜻과 오의들이 이한열의 마음에서 쫙 펼쳐졌다.

일 단계인 영수보사는 경맥의 흐름에 따라, 유주 방향에 따라 육체의 보사를 행하는 방법이다. 여기에서 영은 맞서다, 이다. 맞이한다는 의미로, 한마디로 잘 맞아야 한다는 말이다. 경맥이 흐르는 반대 방향으로 맞는다면, 그것은 몸을 이롭게 하는 보법이 아니라 해악이 된다.

쉽게 말해 영수보사를 통한 제대로 된 구타가 아니라면 오히려 몸에 골병이 든다.

이 단계인 호흡보사는 호흡에 맞춰서 구타당하는 방법이다. 숨을 내쉬는 호기에 맞고, 숨을 들이쉬는 흡기에 맞으면 몸에 이로운 보법이 된다. 흡기에 맞으면 찌르듯이 뻗고, 호기에 얻어터지면 뺄듯이 한다.

찌르는 호흡과 뱉는 호흡은 엄연히 다르다. 맞을 때마다 일일이 호흡보사를 행하기가 쉽지는 않으나 꾸준한 노력을 기울이면 몸에 녹여 낼 수 있다.

삼 단계 염전보사는 원보방사라고도 하는데 시기에 따라서 좌우와 수족, 음양경에 따라 기의 염전 방향을 달리하는 방법이다. 때와 임독맥 등에 따라서 기를 돌리는 방향이 달라지기 때문에 복잡하다. 하지만 두뇌가 뛰어난 이한열에게는 편하게 할 수 있는 방법이기도 했다.

사 단계인 납지보사는 십이시진과 십이정경맥을 부합시키는 방법으로, 각각 해당 경맥의 기가 가장 왕성한 시진을 이용한다. 최고의 순간 구타를 당하게 되면 그 효과가 지대하다.

구타연신은 네 단계로 나뉘어져 있지만 어느 단계를 먼저 사용한다고 해도 무방하다. 이들 중 어느 단계를 택할 것인지는 전적으로 맞는 이한열에게 달려 있었다.

"상대를 앞에 두고서 무슨 생각을 그리 골똘하게 하는 겁니까?"

사색에 빠져 있는 이한열을 본 강호빈이 득달같이 달려들었다.

후우웅!

강호빈의 주먹이 세찬 바람을 동반하면서 쇄도했다.

이한열이 알아차렸을 때는 이미 주먹이 가슴에 거의 당도한 상황이었다.

'이번에는 유근혈이군.'

이한열이 주먹의 궤적을 분석하여 타격 지점을 예상했다.

슥!

이한열은 쇄도하는 주먹을 영접했다. 몸을 살짝 틀어서 직각으로 주먹을 맞이하지 않고 사십오 도 정도 기울여 영수보사를 하는 동시에 호흡보사를 펼쳤다.

퍼억!

둔탁한 소리가 일었다.

"크윽!"

이한열의 입에서 답답한 신음 소리가 흘러나왔다.

쿵! 쿠웅!

쿠웅! 쿵!

격렬한 충격에 금방이라도 쓰러질 것처럼 이한열이 뒤로 물러났다.

그런 와중에도 이한열은 유근혈에서 일어난 경맥의 흐름을 필사적으로 조율하려고 노력했다.

'단지 구타만 당해서는 안 된다. 구타가 연신이 될 수 있도록 해야 해.'

이한열의 눈동자가 불타올랐다.

스으윽! 스으윽!

유근혈의 화끈거리는 기운들이 가슴에서 몸통으로 퍼졌다. 머리를 향해 솟구친 기운이 음경을 타고 앞다리와 앞발 끝으로 흘러나갔다. 기운들이 앞발 끝에서 앞다리의 양경을 타고 머리와 몸통, 뒷다리, 뒷발 끝으로 흘렀다.

단순해 보이지만 엄청난 양의 정보가 육체에서 쏟아졌다. 그것들은 구타에 대한 보상이었다.

그런 수많은 정보들을 취합한 이한열은 빠르게 대처할 수 있도록 필사적으로 매달렸다.

하지만 너무 많은 양의 정보가 한꺼번에 튀어나왔기에 대처에 어려움을 겪었다.

그때였다.

허둥거리고 있는 이한열을 강호빈이 가만히 내버려 두지 않았다.

퍼억!

둔탁한 소리와 함께 이한열이 옆구리를 부여잡으면서 물러났다.

"크윽!"

숨이 턱 막힌 이한열의 안색이 창백해졌다.

하지만 그는 고통을 맞이할 준비가 되어 있었고, 그 고통을 어떻게 승화시켜야 하는지 머릿속으로 인지하고 있었다.

미리 알고 있었기에 더 많은 이득을 육체적으로 받아들였다. 구타연신을 제대로 이해하고 있는 이한열의 대처는 매우 정확했다.

이한열처럼 앞과 뒤를 모두 헤아리려고 노력하면서 무공 수련을 하는 사람은 많지 않았다.

이한열은 외문무공을 수련하고 있지만 무인 이전에 학사였다. 그렇기에 머리로 이해를 한 뒤에 육체로 펼쳐 내려고 해왔다.

그것이 지금 구타연신에서 빛을 발했다.

"호오! 쓰러지지 않고 버티다니 놀랍군요. 정말로 대단한 정신력입니다."

강호빈이 탄성을 터트렸다.

보통 사람들은 처음 주먹 한 대에 곧바로 쓰러지고도 남았다. 그런데 이한열이 쓰러지지 않고 꿋꿋하게 버티고 있었다.

"조금 더 힘을 발휘하겠습니다."

강호빈이 선언했다.

그는 버티는 이한열을 보면서 언제까지 버틸 수 있을지 궁금했다.

끄덕!

상황이 악화되었다는 걸 알았지만 이한열은 고개를 끄덕였다.

그는 입 밖으로 말을 할 수 없을 정도로 호흡이 힘들었다. 옆구리를 강타당한 여파가 여전히 몸에 고스란히 남아 있었다.

'피할 수 없다면 즐겨라!'

숨을 쉬기도 힘들었지만 이한열은 지금의 순간을 즐기려고 노력했다.

'주먹을 영접하는 영수보사의 움직임이 느렸다. 그리고 호흡보사 역시 맞을 때 제대로 하지 못했어.'

점점 커져 가는 고통 속에서도 이한열은 방금 전의 일에서 잘못된 점을 찾아냈다.

'순간의 대처가 바르지 못하면 구타연신의 효과가 줄어든다.'

이한열이 정확하지 못했던 자신을 자책했다.

스팟!

그의 두 눈이 뜨겁게 타올랐다.

그가 이번에는 제대로 구타당하고 말겠다는 의지를 마구 내뿜었다.

"이번에는 조금 많이 아플 겁니다. 잘 견뎌내 보십시오."

강호빈이 미리 경고를 날리면서 움직였다.

후우웅!

그의 주먹이 공기를 갈랐다.

묵직하면서 날렵하게 뻗은 강호빈의 주먹이 구타의 영향으로 제대로 움직이지 못하고 있는 이한열을 노렸다.

우뚝!

발을 움직일 힘도 제대로 없는 이한열이 쇄도하는 주먹을 그대로 바라보았다.

'기해혈이다.'

이한열은 강호빈이 노리고 있는 곳을 빠르게 알아차렸다.

그가 쇄도하는 주먹의 속도를 빠르게 계산하면서 적절한 순간이 되자 영수보사와 호흡보사를 펼쳤다.

퍼억!

기해혈을 때리는 묵직한 타격 소리가 울렸다.

기의 바다인 기해혈은 인체에서 중요한 혈도였다. 때와 상황에 따라 사혈로 꼽히기도 했다. 최악의 경우 기해혈에 몰린 작은 충격만으로도 죽음에 이를 수 있었다.

물론 강호빈이 추나요법을 가미한 주먹을 날렸기에 이한열이 죽음에 이르지는 않았다. 하지만 그 충격은 결코 작지 않았다.

울컥!

육체에 손상을 입은 이한열의 입에서 핏물이 왈칵 흘러
나왔다. 기해혈이 요동치면서 그의 육신이 사시나무처럼
흔들렸다.

"크윽!"

피를 흘리고 있는 이한열의 입이 고통스러운 신음을 내
뱉었다.

털썩!

이한열은 더 이상 버티지 못하고 땅바닥에 무릎을 꿇었
다. 힘이 제대로 들어가지 않았기 때문에 그의 고개가 저절
로 숙여졌다.

그런데 붉은 피를 흘리는 이한열의 입가에는 만족스러운
미소가 피어났다.

'해냈다.'

이한열은 방금 구타에서 최적의 순간 영수보사와 호흡보
사를 펼쳤다. 강호빈의 주먹 속도와 영수보사와 호흡보사
사이의 규칙을 찾아낸 것이다.

규칙을 따라서 펼친 영수보사와 호흡보사가 구타연신에
있어 훌륭한 효과를 불러일으켰다.

방금 전의 감각을 잃어버리지 않기 위해 이한열은 머릿
속에 각인시켰다. 그러기 위해서는 약간의 시간이 필요했

다.

부르르! 부르르!

전율스러운 기쁨에 이한열의 몸이 흔들렸다. 그리고 구
타를 당했던 기해혈을 비롯한 혈도에서 바늘로 콕콕 찌르
는 고통이 동반됐다.

"크으윽!"

이한열이 신음하면서 피를 흘렸다.

투욱! 툭!

이내 땅바닥이 붉어졌다.

육체에는 제대로 힘이 들어가지 않았지만 그의 두 눈은
여전히 이글이글 불타올랐다.

"오늘은 여기까지 해야겠군요."

강호빈이 홀가분하게 말했다.

이한열을 때리면서 그의 가슴속에 있던 불만들이 훌훌
사라졌다. 더 이상 구타를 했다가는 이한열의 육체에 무리
가 간다는 사실 또한 잘 알았다.

육체의 한계를 넘어서는 구타를 하게 되면 이한열이 골
병들게 된다.

강호빈은 적절한 순간에 조력자로서의 종료를 선언했다.

"다음 조력은 언제 가능하오?"

고개를 든 이한열이 호전적으로 물었다.

"저는 언제든지 준비되어 있습니다. 근무 시간이 아닐 때 저를 찾으시면 됩니다."

답답하고 힘들 때 이한열을 상대로 하면 좋다는 사실을 깨달은 강호빈이 씨익 웃으며 말했다.

강호빈에게도 좋은 일이었고, 이한열에게도 이득이 되는 공부였다.

"알겠소. 다음에 찾아뵙겠소."

이한열이 손으로 땅을 짚으면서 일어났다.

휘청! 휘청!

등을 돌려 연병장에서 걸어가고 있는 이한열의 몸이 앞뒤로 흔들렸다. 금방이라도 쓰러질 것 같은 모습의 그가 용케 균형을 잡으며 넘어지지 않았다.

"저렇게 때렸는데 괜찮을까?"

"당장 위에 가서 징징거릴 수도 있어."

"강호빈이 너무 심하게 날뛰었어."

금군 위사들이 연병장에서 멀어져 가고 있는 이한열을 보면서 중얼거렸다.

그렇지 않아도 주수선 공주의 사태로 인해 복잡한데 이한열의 구타까지 엮이게 되면 문제가 아주 심각해졌다.

"그런 걱정들은 하지 않아도 돼!"

강호빈이 호기롭게 말했다.

"너는 걱정도 되지 않아?"

"부정자 구타 사건은 심각한 문제야."

금군 위사들이 걱정했다.

하지만 그런 동료 위사들과 달리 강호빈은 태평스러웠다.

"저자는 위에다가 징징거리면서 보고를 할 정도로 나약한 사람이 아니야."

강호빈이 단정 지었다.

그는 마지막까지 이글이글 불타오르던 이한열의 눈빛을 잊지 못하고 있었다.

이한열의 얼굴은 퉁퉁 부어 있었다.

평소에 잘생긴 그의 얼굴이 아주 못생겨졌다. 오른쪽 눈에는 시퍼런 멍이 들어 있었고, 오른쪽 볼 또한 퉁퉁 부어올라 있었다.

"크흑! 잘생긴 얼굴이 아주 엉망이 됐군요."

이한열의 기괴해진 얼굴을 본 천대복이 오열을 터트렸다.

"이제 그만 싸우십시오. 왜 금군 도두와 대련을 하겠다고 하는 겁니까?"

두 눈이 시퍼렇게 멍든 이한열을 앞에 두고 천대복이 소리를 높였다.

하루가 멀다 하고 얻어터지고 돌아오는 이한열을 보는 천대복의 마음은 편치 않았다.

"이제 제발 멈추십시오."

"아니오, 멈출 수 없소."

이한열이 고개를 가로저으며 말했다.

강호빈의 조력은 외문무공 수련에 있어 큰 도움이 되고 있었다. 맞을수록 몸이 좋아지고 있다는 사실을 누구보다 이한열이 잘 알았다.

"대체 왜 이러시는 겁니까? 제발 정신을 차리십시오."

천대복이 이한열을 말렸다.

그는 더 이상 이한열이 맞고 들어오는 걸 보고 싶지 않았다.

"나는 나의 길을 걸어가고 있는 중이라오."

이한열이 살포시 웃으며 말했다.

그런데 얼굴이 퉁퉁 부어올라 있었기에 그 웃음이 참으로 기괴했다.

"편안한 길을 가면 되잖습니까? 부정자께서 맞고 돌아오시면 저의 가슴은 아주 찢어집니다. 다른 동료들도 모두 안타까워하고 있습니다."

이한열을 걱정하는 천대복에게서 따뜻한 정이 흘렀다.

주자소를 잘 이끌어 가고 있는 이한열을 천대복을 비롯한 모든 사람들이 좋아하고 있었다. 맞아서 엉망이 된 이한열로 인해 주자소 사람들은 걱정이 태산이었다.

"편안한 길은 오랫동안 걸어가야 하면서 열매가 작소. 내가 걷는 가시밭길은 힘들지만 지름길이면서 열매가 결코 작지 않소. 천 목장이라면 어느 길을 선택해서 가겠소?"

이한열이 말했다.

"지름길을 선택해야겠지요."

한참을 뜸 들이고 있던 천대복이 결국 선택했다.

"그렇소. 나도 지름길을 선택했다오. 그러니 한번 택한 길 위에서 낙오할 수는 없는 노릇 아니겠소?"

이한열이 질문 형식으로 자신의 대답을 마쳤다.

호리호리하고 나약해 보이는 이한열이지만 실상 고집이 무척이나 셌다.

그는 전형적인 외유내강의 성격이었다.

한편, 자금성에 이한열에 대한 소문이 돌았다. 부정자인 진사가 금군 도두에게 매번 곤죽이 될 정도로 얻어터진다는 소문이었다.

그로 인해 이한열은 이상한 학사로 낙인이 찍혀 버렸다.

"왜 외문무공을 수련하시는 겁니까? 설마 지금 벼슬을 관두고 무관으로 다시 올라가려고 하는 것인지요?"

천대복은 가시밭길을 스스로 걸어가고 있는 이한열이 이해되지 않았다.

주자소의 부정자이면서 많은 돈을 벌어들이고 있는 이한열이라면 마음먹기에 따라 편안하게 살 수도 있었다.

"나는 지금의 자리에 만족하지 않소. 그리고 높은 곳에 올라가기 위해서는 더 노력해야 하오."

이한열이 말했다.

이한열은 주자소의 부정자가 아닌 높은 벼슬자리를 원했다.

"원하시는 대로 하십시오. 다만 스스로를 조금만 더 소중하게 생각하셨으면 합니다. 부정자님을 믿고 따르는 저희들을 위해서라도 말입니다."

천대복이 진심으로 말했다.

"걱정하지 말게. 내 몸은 내가 알아서 챙기고 있다네."

"가보겠습니다."

"내일 보세."

천대복이 집무실을 나섰다.

이한열은 집무실에 홀로 남았다.

향시에서 두 번 떨어지고 육 년의 세월을 와신상담하며 보내기도 했던 그는 노력할 줄 알았다.

그런 그에게 공부하는 일은 익숙했다.

"공부하자."

이한열의 눈빛이 번뜩였다.

그의 탁자 위에는 수많은 책들이 놓여 있었다.

그것들은 그가 황궁의 일반 서고에서 찾아온 외문무공의 무공비급들이었다. 거기에는 방문좌도의 무공비급들까지 포함되어 있었다.

방문좌도의 무공비급은 사이하고 괴이한 부분이 적지 않았다. 이기기 위해서는 수단과 방법을 가리지 않는 방법들이 기술되어 있다.

이기고자 단단히 결심한 이한열은 방문좌도의 무공비급도 마다하지 않았다.

횡가철문전, 철사장, 연금종주만을 바라보던 그가 새로운 세계를 찾았다.

팔락! 팔락!

이한열이 책들을 읽어 나갔다.

빠르게 읽으면서도 도움이 되는 부분이 나타나면 정독했다.

그는 자신에게 유익한 부분을 모두 기억했다.

팔락! 팔락!

촛불을 밝힌 집무실에서 책장 넘어가는 소리가 고즈넉하게 울렸다.

반짝! 반짝!

밤하늘에 빛나고 있는 별들이 처연한 느낌을 뿌렸다.

암천에 떠 있는 달의 빛이 더욱 밝아진다고 느껴질 정도로 밤이 깊어 갔다.

진득한 어둠이 깔린 속에서 이한열은 책과 함께 호흡했다.

그가 책 속에 푹 빠져들었다.

다사로운 내용들이 기술되어 있는 책 속은 어머니의 품처럼 따뜻하고 편안했다.

천생 학사인 이한열은 서적 읽기를 즐겼다.

서적에는 지은이의 생각이 있고, 그것은 읽은 사람으로 하여금 탐스러운 열매를 맺게 만든다.

第十二章

개인 학사

저벅! 저벅!

관복을 벗고 평범한 학창의를 걸친 이한열이 자주 들르는 시발서점으로 향했다.

처음이라는 좋은 뜻을 가진 시발서점은 북경에서 규모로만 따지면 중간 정도에 꼽히는 서점이었다. 하지만 통속 소설을 비롯한 특이한 소설들을 많이 소장하고 있었다.

규모로는 대형 서점을 따라가지 못하기에 틈새시장을 공략한 것이었다.

하루하루 고단한 날들이었지만 이한열은 시간을 쪼개 근처 서점들, 특히 시발서점에 가장 많이 들락거렸다.

그가 서점에 자주 들르게 된 건 순전히 무학사 전재일의 영향이었다.

　　"무공을 배우려면 강호와 무협을 알아야지. 직접적
　　으로 경험하는 것이 가장 좋은데, 진사인 자네에게 강
　　호 무림에 뛰어들라고 할 수는 없는 노릇이지. 강호와
　　무협을 가장 잘 알려 주는 것이 바로 무협 소설이라네.
　　무협 소설을 읽어 보게. 좋은 경험이 될 거라는 점을
　　장담하지."

이한열의 머릿속에 전재일의 말이 아직도 선명했다.

이한열은 근본적으로 학사였다.

학사의 신분인 이한열이 무공을 배우기 위한 항해를 시
작했다. 그렇기에 배우는 무공과 그에 관련된 기초적인 상
식을 알아 둬야만 했다.

이한열은 전재일이 추천해 준 책을 가장 먼저 접했다. 삼
국지, 수호전, 금병매, 옥루몽 등의 책을 섭렵하였다. 그 책
들은 역사와 풍자, 그리고 무협이 뒤섞인 아주 훌륭한 서적
들이었다.

삼국지와 수호전에는 장수들이 사용하는 무공과 그에 대
한 초식들이 상세하게 설명되어 있기도 했다.

삼국지와 수호전은 모두 똑같은 내용이 아니었다. 전체적으로 내용이 비슷하지만 장수들이 사용한 무공초식에 대한 설명과 역사에 드러나지 않은 사실들도 저자의 역사관과 시선에 따라 다르게 기술됐다.

이한열은 지금까지 여러 종류의 삼국지와 수호전 등을 읽었다.

대륙의 역사를 거의 전부 알고 있는 이한열이지만 드러나지 않은 내용들을 읽을 때도 있었다.

삼국지에서 가장 좋아하게 된 조자룡이 활약을 펼칠 때는 그도 우쭐했다. 조자룡이 휘두르는 창에 적들이 추풍낙엽처럼 휩쓸릴 때 절로 엉덩이가 들썩거렸다.

무학사 전재일이 왜 그에게 무협 소설을 읽으라고 했는지 이해를 하게 됐다. 무협 소설의 세계로 푹 빠져든 그에게 새로운 세계가 열렸다.

무협 소설의 세계는 넓었다.

저자 불명의 진시황, 제왕무록, 무림맹의 살인사건 등과 같은 새로운 책이 매달 나타났다.

새롭게 나오는 책들은 이한열이 전부 읽어서 외울 정도였다.

장중한 문체, 초절한 무공, 원한과 복수, 때때로 등장하는 색정이 상업성으로 버무려진 무협 소설은 무협지로 평가 절하를 받기도 했다.

무협 소설은 한때는 장편기정소설로 불리고 한때는 대하소설, 한때는 역사소설, 또 대하역사소설로 불리면서 무협지라는 싸구려 시선을 벗으려고 몸부림쳤다.

확실한 역사관과 무학관을 가지고 쓴 저자의 작품은 무협 소설이라고 불려도 충분한 가치를 지녔다. 하지만 미천한 실력을 가지고 쓰는 작가들이 더욱 많다는 사실이 문제였다.

무협 소설은 작금에 와서는 그저 시간 때우기용으로 전락하고 말았다.

"무협지일 수밖에 없는 무협 소설이지."

이한열이 자조적으로 내뱉었다.

이한열은 지은이의 얄팍한 식견이 드러날 수밖에 없는 무협지를 읽었다. 근래 독서량의 절반 이상을 무협지가 차지했다.

"무협 소설을 읽다 보니 시각이 무협적으로 바뀌었어."

이한열이 중얼거렸다.

그는 요즘 들어 무협 중독이었다.

무협 소설이 주는 재미에 푹 빠져들었다.

그는 근본적으로 학사였기에 유교경전과 도경, 불경 등을 지금도 끊임없이 읽고 있었다. 그리고 주자소에서 활자를 찍으라고 주는 한림원과 황실의 일거리도 계속해서 살폈다.

학사이기만 하던 시설에는 그런 글들이 자연스럽고 흥미로웠다.

"따분한 글이야."

이한열은 한림원의 글과 황제의 금과 같은 말이 무척이나 딱딱하다고 여기게 됐다.

무협 소설에 익숙해져서 학사들과 황실, 관계의 용어가 너무나도 따분해진 것이다. 격식을 너무 차리는 말과 글은 시원시원한 무협의 세계와 달라도 너무 달랐다.

특히 황제의 말을 절대적으로 신성시하는 것은 너무나도 유치하고 시시했다.

무협의 시원하고 호쾌한 정서는 진사인 이한열에게 황실의 딱딱함을 알게 해줬다.

"예전에 무협을 접했다면 과거에 급제하지 못했을지도 몰라."

무협 소설이 주는 중독은 심각했다.

그는 유교경전과 불경, 도경 등을 모두 무협 지식으로 보게 됐다.

그의 마음속에서 유교경전의 좋은 말과 불경의 그윽함, 도경의 자연스러움을 무협 소설이 다 쫓아내고 주인 행세를 해버렸다.

한때 눈물을 흘리면서 감탄했던 논어의 가르침도 이제는 고리타분하게 느껴졌다. 말랑말랑한 논어의 말이 시시하고 간지러웠다.

자아 성찰, 국가의 발전, 종교 등 기존에 익숙했던 공부의 주제들이 이제 이한열에게서 살짝 멀어졌다.

"무협 세계에 발을 들인 후유증인 셈이지."

이한열이 야릇한 웃음을 지으며 말했다.

지금의 그는 겉으로 돌려서 표현하는 일보다 직접적이면서 단순한 걸 선호하게 됐다.

"강호 무인들이 왜 말보다 행동이 먼저인지 알겠어."

이한열은 그전에 말보다 주먹을 먼저 지르는 사람들을 야만적으로 여겼다. 하지만 자신이 그런 마음으로 바뀌자 그런 사람들을 이해하게 됐다.

그도 등청하게 되면 답답한 관리들을 때려 주고 싶은 경우가 한두 번이 아니었다.

근래 그는 폭력적이면서 충동적으로 변해 버렸다.

"무협 소설을 쓰는 지은이들 가운데 적지 않은 사람들이 무학사라고 했지?"

이한열은 전재일의 말을 기억하고 있었다.

무학사들은 자신의 이론과 무리들을 버무려서 가상의 소

설을 쓰고는 한다. 무학사가 생각하고 있는 무공들과 무리들이 무협 소설 전반에 흘렀다.

"무협 소설을 집필하여 자신만의 무리를 널리 알리는 것이지. 그렇게 해서 스스로 고안한 무리를 알리고 싶어 하는 것이야."

무학사들은 기본적으로 끊임없이 무공을 파고들고, 기존의 무리들을 재해석하여 새로운 걸 만들어 낸다. 그리고 그런 이론이 옳다고 증명하려고 한다.

그런 결과물이 바로 무협 소설이었다.

그렇기 때문에 허무맹랑한 이론이 무협 소설에 등장하는 경우도 많았다. 아니, 무협 소설의 태반이 아주 말도 안 되는 내용들이었다.

불세출의 초고수의 손짓 한 방에 태산이 가루가 되어서 날아가기도 했다.

"태산을 가루로 만들려면 그에 맞는 무리를 알려 줘야지. 그저 초고수가 손을 휘저었기에 태산이 가루가 됐다고 하면 그냥 수긍할 수는 없는 노릇이지. 그저 말뿐인 무공인 셈이지."

이한열이 읽은 무협 소설 가운데 머릿속에 남는 것은 소수였다. 많은 양을 읽었지만 제대로 된 무협 소설이 적다는 의미였다.

현 무협 소설은 양적인 면에서 크게 팽창했지만 질적인 면에서는 예전보다 많이 떨어졌다.

이한열이 즐겨 보는 무협 소설의 지은이들은 추월검객, 천풍인, 봉황송 등이었다. 이들의 작품은 살펴보지도 않고 믿고서 구매했다.

허무맹랑한 이론을 담고 있는 무협 소설은 한 번 보고서 잠시 집무실에 놓았다가 다시금 서점에 넘겼다. 계속해서 소장할 가치를 느끼지 못한 탓이다.

하찮은 무협지는 두 번, 세 번 거듭 읽을 하등의 이유가 없다.

하지만…….

허무맹랑한 무협 소설이라고 해서 배울 점이 없는 건 아니었다.

산발적이기는 하지만 신선한 방식으로 무리를 알려 주는 무협 소설도 있었다. 단편적이고 산발적이며 때로는 희귀하게 느껴질 정도였지만 새로운 시각이 이한열에게 좋은 가르침을 줬다.

이한열의 무협 소설 읽기는 계속됐다.

휘이잉! 휘이잉!

바람이 부는 거리가 점점 어두워져 갔다.

상점들이 즐비하게 늘어서 있는 거리에 어둠을 몰아내는

등이 하나둘씩 걸리기 시작했다. 등이 어둠 속에서 밝게 빛나며 넘실댄다.

밤의 거리에는 사람들이 넘쳐났다.

화사하게 차려입은 여인들도 있었고, 잰걸음으로 하루 일과를 끝마치고 집으로 돌아가는 사람들도 많았다.

스윽!

이한열이 활짝 열린 시발서점의 안으로 들어갔다.

"이 진사! 어서 오시오."

계산대에 앉아서 책을 보고 있던 서점 주인 탁둔원이 반가운 목소리로 말했다.

처음에는 평범한 학사인 줄 알고 말을 편하게 하던 탁둔원이었지만 진사라는 사실을 알고는 달라졌다.

진사의 신분은 높았다.

어렵고 힘들던 시절 무시받았던 경험이 많았기에 이한열은 진사의 신분을 잘 이용했다.

다소 오만하게 보일 수도 있었지만 대우받을 수 있는 진사였기에 잔뜩 자신을 치켜세웠다.

나이 많이 먹었다고 해서 함부로 하대를 했다가는 그에게 호된 질책을 들어야만 했다.

억울하면 출세하고 볼 일이다.

과거에 합격한 그는 출세했다. 비록 관리 인생이 꼬이기는 했지만……

"재미있는 책이라도 들어왔소?"

이한열이 물었다.

직접 서가를 둘러보면서 찾아볼 수도 있었지만 가장 신간에 대해 잘 아는 사람이 바로 눈앞의 서점 주인 탁둔원이었다.

탁둔원은 무협 소설이 좋아서 직접 서점을 차린 특이한 사람이었다.

그는 새로 나온 책을 가장 먼저 보았다.

무협 소설을 즐겨 보는 이한열을 본 그는 이따금씩 이런 책은 어떠냐, 저런 책은 어떠냐 하며 여러 책을 권해 주었다.

탁둔원이 권하는 책들은 대체적으로 만족도가 높았다.

"오늘은 새로 나온 무협 소설이 없소이다. 대신 이 책은 어떻겠소?"

"강호평설?"

이한열은 탁둔원이 계산대 밑에서 꺼내 내민 책의 표지를 보았다. 매끄러운 가죽 표지로 만들어진 강호평설은 무척이나 두꺼웠다.

"현 강호 무림에 대한 정보를 책 한 권으로 압축시켜 놓은 것이라오. 무림인, 무림초식, 강호문파 등 강호 무림에 대해 모르는 사람들에게 좋은 지침서 역할을 한다고 평가를 받고 있소이다."

"얼마요?"

이한열이 가격을 물었다.

강호 무림을 알아 가는 그에게 안성맞춤인 책이었다.

그는 부족한 부분을 독서를 통해 채워 나갔다.

"질이 좋은 가죽 표지와 종이를 사용했기에 가격이 비쌉니다. 은자 다섯 냥입니다."

"여기 있소."

이한열은 군소리하지 않고 돈을 지불했다.

학사인 그는 책을 사면서 가격을 깎지 않았다.

그건 학사로 살아오면서 오랜 세월 굳어진 버릇이었다.

씨익!

탁둔원이 웃었다.

비싼 책의 가격에도 불구하고 군소리가 없는 이한열 같은 손님만 있다면 서점 주인으로서 살맛이 나는 세상이리라!

그는 결코 이한열에게 바가지를 씌우지 않았다.

정가만을 받았다.

그렇게 해도 많이 남는 장사였다.

책은 고가의 물건이었다. 게다가 바가지를 씌웠다가 들

통이 나면 진사인 이한열에게 호되게 당할 수도 있었다.

"이 진사께서는 언제까지 관청에만 머무르실 생각이오?"

탁둔원이 물었다.

"숙소를 구하려고 생각 중이기는 하오. 하지만 북경에서는 숙소를 빌리는 가격도 너무 높아서 부담스럽소."

이한열은 아직까지 북경에 개인적인 숙소가 없었다.

처음에는 돈이 없어서 숙소를 구하지 못했다. 그리고 지금은 돈이 생겼지만 그걸 좋은 숙소를 구하는 데 사용하기가 아까웠다.

"어떤 숙소를 원하시는 것이오?"

"독립적인 별실이었으면 좋겠소."

"마침 내가 그런 곳을 알고 있소. 독립적인 별실이 아주 환상적인 곳이라오. 게다가 그런 별실을 빌리면서 돈을 내지 않아도 되는 방법까지 있소이다. 한번 연결을 해드릴까?"

탁둔원이 말했다.

그의 성화는 안달에 가까웠다.

얼마나 좋은 집이기에 탁둔원이 이렇게까지 호들갑일까, 궁금한 생각이 들었다.

"어떤 집이기에 좋다고 열변을 토하는 것이오?"

"사실은 내 집이라오."

"하하하!"

"자랑으로 들릴 수도 있겠지만 내 집의 별실은 아름답소. 아내가 직접 아름답게 정원까지 만든 곳이라오."

"그렇게 좋은 별실을 왜 나에게 준다는 것이오?"

"장남의 학업 때문이오. 서당에 보내고 있는데 좀처럼 좋은 성적이 나지 않소. 이 진사라면 아들의 성적을 올려 줄 수 있을 것 같아 숙소 제공과 함께 개인 학사를 부탁하는 것이오."

"무슨 이야기인지 알겠소."

이한열은 잠시 고민했다.

그의 입장에서는 나쁘지 않은 이야기였다.

물가가 비싼 북경에서 좋은 별실에 머무르기 위해서는 많은 돈이 들어간다.

"식사도 제공이오?"

몇 가지 조건을 전제로 승낙하기로 마음먹은 이한열이 물었다.

"물론이오."

"개인 학사는 오 일에 한 번씩 반 시진만 가능하오."

이한열이 말했다.

바쁜 일정을 보내고 있는 그는 가르치는 데 있어 많은 시간을 소모하고 싶지 않았다.

"너무 짧지 않소이까?"

좋은 별실과 음식까지 바치는 탁둔원의 입장에선 조금이라도 더 많은 시간을 원했다.

"싫으면 없었던 일로 합시다."

이한열이 단칼에 잘랐다.

"싫다는 이야기는 결코 아니지요. 하겠습니다."

탁둔원이 황급히 이야기했다.

진사에게서 가르침을 받을 기회는 많지 않았다.

진사들은 높은 신분이었고, 또 많이 바쁜 사람들이었다.

과거에 급제한 진사들에게 가르침을 받기 위해서는 많은 돈이 들었다.

오 일에 반 시진 가르침이라도 그만한 가치가 있었다.

게다가 과거에 급제를 한 사람이 아닌가!

과거를 보는 데 있어 공부하는 방법과 요령 등 산지식을 배울 수 있었다.

"당연한 이야기이지만 내 수업 방식과 가르침에 대해서 일체의 간섭을 불허하오."

이한열이 미리부터 못을 단단히 박았다.

그는 탁둔원의 장남을 가르치면서 몇 가지 시험해 보고 싶은 것들이 있었다. 무협과 강호를 접하면서 알게 된 것들을 이번 기회에 활용할 생각이었다.

'건강한 신체에 밝은 공부를 한다고 했다.'

이한열은 근래 무공을 익히면서 체력이 무척이나 좋아졌다. 체력이 탄탄해지면서 의자에 앉아 있는 시간이 늘어났고, 집중력도 강해졌다.

그 결과, 책의 내용이 머릿속에 쏙쏙 들어왔다.

'학사들 특유의 몇 가지 단점만 제거해 줘도 성적 향상은 쉽지.'

이한열은 개인 학사로서 아이를 가르치는 일에 큰 어려움을 느끼지 못했다.

그는 타인을 충분히 가르칠 만한 지식과 능력을 가지고 있었다.

무협을 배우면서 그의 재능과 능력은 더욱 빛을 발했다.

그건 단순한 성장이 아니었다.

적어도 이한열은 그렇게 느꼈다.

'내가 느낀 걸 다른 사람도 느낄 수 있을까?'

이한열은 궁금한 점이 많았다.

'직접 확인하지 못한 무리들 가운데 몇 가지는 제자에게 실험을 해봐야지.'

그가 음흉한 속내까지 지녔다.

세상의 무리는 많고도 많았다.

그 가운데에는 서로 반대적인 속성을 지니고 있어 함께 수련하지 못하는 것도 있었다.

이한열은 자신이 수련하지 못한 걸 타인에게 전수할 생각이었다.

그런 이한열의 음흉한 마음을 탁둔원은 전혀 몰랐다.

"당연한 말씀이시오."

탁둔원이 고개를 끄덕였다.

스승이 제자를 가르치는 건 어디까지나 고유한 영역이었다. 그런 영역에 부모라고 해서 함부로 끼어들 수는 없는 노릇이었다.

절이 싫으면 중이 떠나야 하는 것처럼, 스승이 가르치는 방식이 싫다면 제자가 떠나야만 했다.

"제 가르침을 받다 보면 틀림없이 아들의 성적이 오를 것이오."

이한열이 확신을 담아 말했다.

"감사합니다. 그렇게만 된다면 정말로 좋은 일이지요."

자식의 성적이 좋아진다는 말에 벌써부터 탁둔원의 얼굴이 활짝 폈다.

전시의 합격은 꿈도 꾸지 않았다.

탁둔원의 장남 탁탑천은 수재가 아니었다. 단지 나쁘지 않은 머리를 타고났기에 과거에 대한 공부를 할 뿐이었다.

그렇지만 점점 나이가 들수록 그런 점이 뚜렷하게 부각
됐다.

서당에서의 성적이 점점 밑으로 내려갔다.

탁둔원은 아들이 향시에만이라도 합격하기를 간절하게
원했다.

"이럴 게 아니라 저희 집으로 가시지요. 별실을 보셔야
하지 않겠습니까?"

탁둔원이 이한열에게 말했다.

"그렇지요."

이한열이 말했다.

"마삼아! 계산대를 보고, 오늘은 네가 서점 문 닫고 들어
가거라."

탁둔원이 시발서점의 계산대를 선임 직원인 마삼에게 넘
겼다.

탁둔원의 말대로 그의 저택 별실은 훌륭했다.

정원에 피어난 기화이초들이 보는 사람들로 하여금 감탄
을 절로 불러일으키게 만들었다.

주자소의 집무실에 있던 이한열의 책을 비롯한 짐들이
모두 별실로 옮겨졌다.

별실은 단순하고 정갈했다.

화려하지 않은 별실이 이한열의 마음에 쏙 들었다.

집무실과 달리 따뜻한 가정의 온기가 별실에 머물러 있었다. 탁둔원의 부인이 신경 써서 만든 정원 역시 아름다움과 함께 포근함이 느껴졌다.

고향에서 떠나온 이한열은 조용하고 아늑하면서 행복한 가정의 기분을 느꼈다.

이한열이 탁탑천을 가르치는 방법은 처음부터 독특했다.

그는 과거 공부에 필수적인 사서오경보다 일상적인 부분에서 더 많은 화젯거리를 찾았다. 사서오경을 가르치는 건 서당의 훈장만으로도 족했다.

이한열이 가르치는 법은 기존의 학습법과는 판이하게 달랐다.

"왜 공부를 하는 것이냐?"

"향시에 합격하려고요."

탁탑천이 우렁찬 목소리로 말했다.

몸집이 큰 그는 참으로 건장한 체격을 지니고 있었다.

잘 먹고 좋은 환경에서 자랐기 때문인지 열여섯 살이지만 이한열보다 더욱 컸다. 이한열도 작은 키는 아니었는데 참으로 발육이 남다른 탁탑천이었다.

"너의 생각은 어떠냐?"

"잘 모르겠어요."

"공부가 좋으냐?"

"좋아서 하는 사람이 몇 명이나 있겠어요."

탁탑천은 마지못해 공부를 하고 있었다.

부모님이 원하고 있었고, 어릴 때부터 책을 접한 공부를 했기에 당연하다고 여겼다. 하지만 점점 자랄수록 공부의 성과가 좋지 않았다.

서당에서 시험을 봐 나쁜 성적을 받으면 그날 집안의 분위기는 참으로 우울했다. 부모님의 안색이 나빠지고, 탁탑천도 가시방석에 앉은 것처럼 불편했다.

"왜 공부를 해야 하는지부터 생각해 봐야겠구나."

이한열이 말했다.

공부를 해야 하는 근원에 대해서 그가 입을 열기 시작했다.

"향시에 합격하면 아름다운 여인들이 너를 좋아할 거다. 이건 내 경험담이니까 확실한 이야기다."

"지금도 예쁜 연인이 있어요."

"헉!"

이한열은 순간 놀랐다.

아직 어리고 공부하는 탁탑천에게 연인이 있을 거라곤 생각도 하지 못했다.

"서당에서 세 손가락 안에 들어가는 여인이에요."

탁탑천이 뽐내듯이 말했다.

나이를 떠나서 남자에게 아름다운 연인은 훈장이나 다름이 없었다.

'나는 골방에서 책만 붙잡고 씨름했는데…….'

이한열은 탁탑천에게 부럽다는 감정을 많이 느꼈다.

부러우면 지는 것이라고 했지만 마음 한구석에 졌다는 생각이 떠오를 수밖에 없었다.

한때 연인이었던 배하연과 만나기는 했지만 실제적으로는 많은 시간을 함께하지 못했다. 그러다가 낙방을 거듭하면서 배하연에게 차이고 배신감에 더욱 공부를 열심히 했다.

"부자가 될 수도 있다."

"지금도 부자인데요. 그리고 저는 아버지의 시발서점을 물려받아요."

"하하하! 공부하기에 부족함이 없는 참으로 좋은 환경이로구나. 그런데 왜 성적이 나오지 않는 것이냐?"

이한열은 공부를 해야 하는 근원에 대한 이유로 탁탑천을 납득시킬 수 없다는 사실을 인정했다.

"제가 머리가 떨어져서 그런가 봐요."

탁탑천이 분하다는 듯이 말했다.

그 역시 공부를 잘하고 싶은 마음은 굴뚝같았다. 하지만 노력해도 되지 않는 일이 있었다.

"그렇다면 앞으로 내가 시키는 대로 해라."

"알았어요. 그런데 오늘 서당에서 배운 부분에서 이해하지 못한 것이 있어요. 궁자후이박책어인 즉원원의라는 논어 제십오 편 위령공에 관한 부분이에요. 무슨 일이든 자신은 엄하게 꾸짖고 남을 책망하는 것을 가볍게 하면 남이 원망하는 소리를 멀리할 수 있다. 대체 무슨 의미인가요?"

탁탑천이 진지하게 물었다.

"훗!"

이한열이 웃었다.

한때 과거를 공부했던 그는 논어를 달달 외우고 있었고 지금 탁탑천의 질문에 대한 답도 잘 알았다.

위령공에 대한 내용은 과거에도 자주 출제됐다.

자신에게 엄격하고 남에게는 관대하라!

이는 예부터 전해 오는 처세의 원칙이다.

늘 나의 인격 수양에 힘쓰며 타인에게 관용을 베풀면 존경과 우정을 얻을 뿐 아니라 다른 사람에게 미움받을 일도 없다.

남을 먼저 생각하고 타인의 가벼운 잘못을 웃어넘겨라!

그러면 상대방은 스스로 잘못을 발견하고 고치려 할 것이고, 상대가 베푼 관용에 감사하며 은혜를 갚기 위해 노력할 것이다.

이것이 바로 처세에서 가장 뛰어난 지혜이다.

과거에서 어떻게 하면 만점을 받을 수 있는지 이한열은 알고 있었지만 즉각적으로 대답하지 않았다.

"책을 조금만 더 읽어 보면 이 부분을 이해할 수 있을 거야."

이한열이 말했다.

대답을 탁탑천 스스로 책에서 찾으라는 얘기였다.

"하지만 읽어도 모르겠어요."

탁탑천이 불퉁스럽게 말했다.

그는 금방이라도 답을 알고 싶어 했다.

"모르면 또 읽어야지."

이한열은 탁탑천에게 답을 알려 주지 않았다.

그가 답을 알려 주면 탁탑천은 모를 때마다 그에게 달려와서 물을 것이다.

그는 탁탑천에게 공부하는 방법을 직접 알려 줬다.

모르고 궁금한 것은 우선적으로 책으로 풀어야 하는 법이다.

그것이 현명한 공부 방법이었다.

북경의 명성 높은 서당에서 가르치는 학사라면 그 학식이 이한열에 비해 부족함이 거의 없다. 북경에서 좋은 집안

의 자제들에게 가르침을 준다는 것은 이미 그 자체로 학식
에 대해서는 인정을 받을 수 있는 수준이었다.

"끄응!"

탁탑천의 입에서 앓는 소리가 새어 나왔다.

"자신의 부족함을 알아야 한다. 그것이 바로 공부의 시
작이지."

이한열은 탁탑천의 앓는 소리가 무척이나 마음에 들었
다.

"직접 알려 주시지 않을 거면 왜 개인 학사 자리를 맡으
신 건가요?"

마음이 불편한 탁탑천이 직설적으로 물었다.

"아! 나는 너에게 부족한 것을 채워 주려고 한다. 그런
의미에서……."

이한열이 잠시 말을 끊었다.

꿀꺽!

침을 삼킨 탁탑천이 무척이나 기대하는 눈빛을 마구 뿌
렸다.

그는 이한열이 전시에 합격한 진사라는 높은 사람이라는
걸 잘 알았다. 전시까지 합격한 이한열의 가르침에는 특별
한 것이 있을 거라 철석같이 믿었다.

"뛰어라!"

"예? 무슨 말씀이신지?"

탁탑천은 자신이 들은 말이 진짜인지 혼란스러웠다.

"건강한 신체에 맑은 정신이 깃드는 법이다. 그러니 뛰어라. 오늘은 처음이니까 가볍게 정원을 삼십 바퀴만 돌기로 하자."

이한열이 이야기했다.

정원이 비록 봉연무관의 연무장에 비해서 작기는 했지만 삼십 바퀴라면 이야기가 달랐다. 이한열이 처음 기초체력반에서 뛰었던 거리보다 더욱 길었다.

건실한 체력을 가지고 있는 탁탑천이라고 해도 쉽지 않은 거리였다.

"정말로 뛰어요? 저는 공부하러 왔습니다만……."

탁탑천은 황당했다. 너무 황당해서 어이가 없을 지경이었다.

"내 공부는 뛰는 것이 시작이다. 나가자."

이한열이 별실에서 밖으로 나가며 이야기했다.

그의 눈에 비친 황당한 탁탑천의 얼굴이 무척이나 마음에 쏙 들었다.

"머리엔 지혜를! 육체에는 건강을! 가슴에는 열정을! 뛰다 보면 지혜와 건강, 그리고 열정을 모두 가질 수 있을 것이다. 빨리 나오너라."

"……."

엉거주춤한 자세로 걸어 나온 탁탑천은 더 이상 입을 열지 못했다.

휘이잉! 휘이잉!

밤바람이 서늘하게 불었다.

공부하러 왔다가 뛰어야 하는 탁탑천의 가슴은 더욱 황량해졌다.

〈다음 권에 계속〉

수라의 하늘

한수오 신무협 장편소설

ORIENTAL FANTASY STORY & ADVENTURE

정통 신무협의 보증 수표 한수오가 돌아왔다

현세의 지옥 유황도에서 보낸 십 년

그를 비정하고 더욱 비정하게 만든 건 누명의 세월이었다

이제 곧 수라의 하늘이 드리워질지니

세상 전체에 그림자의 땅이 도래하리라

★
dream
books
드림북스

장담 신무협 장편소설

『무적마도』

천마령에 먹혀 아수라가 될 것인가!
항마의 절대선공을 익혀 아수라를 소멸시킬 것인가!

내 운명을 결정할 사람은 결국 나 자신뿐.
세상이 나를 원치 않는다면,
내 뜻대로 천하를 세우리라!

dream books
드림북스

가우리 신무협 장편소설

ORIENTAL FANTASYSTORY & ADVENTURE

대한민국, 강철의 열제 가우리가 돌아왔다!
전쟁터에서 필사적으로 굴러먹던 인간 장무위,
그에게도 마침내 기연이 찾아왔다.
삼류도 되지 못했던 한 남자의
처절한 일대기가 이제 시작된다.

dream
books
드림북스

박찬규 신무협 장편소설

ORIENTAL FANTASYSTORY & ADVENTURE

단우비

『태극검제』, 『혈왕』, 『천리투안』의 작가!
박찬규 신무협 장편소설

『단우비』

제비? 아니, 이제 낭인 소년 제비가 아니다.
전장에서 자라난 두 날개로 웅비할, 단우비다!

dream
books
드림북스

DARK 흑제

오렌 퓨전 판타지 장편소설

FUSION FANTASY STORY & ADVENTURE

EMPEROR

『무한의 강화사』, 『무한의 마도사』
만인의 작가 오렌이 선보이는 명품 판타지!

『흑제』

이로이다 대륙을 평정하는 중원의 살수.
무혼의 이야기가 이제 시작된다.
거침없는 그의 행보에 동참하라!

dream
books
드림북스

박정수 판타지 장편소설
FANTASYSTORY & ADVENTURE

뱀파이어
무림에 가다

인간으로서 숨 쉬는 법을 잊었으나 잊지 않으려는 자,
핏줄의 계보를 거슬러 어둠의 일족이 된 자,
붉은 눈의 그림자이며, 야현이라 불리는 자,
그가 무림으로 돌아왔다!

핏빛 눈동자로 연주하는
공포의 선율, 죽음의 송가!

뱀파이어로서 다시 무림에 발을 들인 그날에도
다만 운명은, 찬연히 빛날 따름이었다.

★
dream
books
드림북스

DREAMBOOKS